Três Novelas Exemplares

A Espanhola Inlgesa
A Senhora Cornélia
A Ilustre Criada

Miguel de Cervantes

Três Novelas Exemplares

Miguel de Cervantes

Tradução
Nylcéa Thereza de Siqueira Pedra

1ª edição

ARTE & LETRA EDITORA
Curitiba
2010

NOVELAS EXEMPLARES

A Espanhola Inglesa...9

A Senhora Cornélia...61

A Ilustre Criada...109

Miguel de Cervantes é um dos escritores reconhecido pelo grande público como autor de uma única obra. A incontestável grandeza de *O engenhoso fidalgo Dom Quixote de la Mancha*, a importância que adquire para a compreensão da narrativa moderna e a transcendência que assume ao ser o livro mais traduzido no mundo, faz com que esta compreensão não seja inexplicável, mas traz consigo o desconhecimento das demais obras de um dos autores mais prolixos da Espanha do Século de Ouro.

Transitando entre a prosa, a poesia e o teatro, Cervantes cultiva em cada uma dessas expressões literárias os elementos que aparecerão no seu *Quixote*. Tal é a importância assumida por cada uma dessas criações que podem ser lidas como um exercício da exegese quixotesca.

As doze *Novelas exemplares* editadas depois da publicação da primeira parte de *O engenhoso fidalgo Dom Quixote de la Mancha,* no ano de 1913, mas escritas durante o período de elaboração do romance, são um exemplo da diversidade e riqueza do texto cervantino. Com elas, inaugura-se um novo gênero na literatura espanhola, o das novelas curtas, do qual Cervantes se vangloria de ser não apenas o primeiro, mas o principal idealizador.

A mistura de realismo, idealismo e sátira se interpõem ao caráter moralizante ou exemplar, das novelas. O leitor é convidado a aprender muitas vezes pelo contra-exemplo das personagens que se revelam profundamente humanas, como é possível ler nas três novelas apresentadas nesta edição.

A Espanhola Inglesa

Entre os despojos que os ingleses levaram da cidade de Cádiz, Clotaldo, um cavaleiro inglês, capitão de uma esquadra de navios, levou para Londres uma menina com pouco mais de sete anos. Ele o fez contra a vontade e conhecimento do Conde do Leste, que com grande diligência fez com que procurassem a menina para devolvê-la a seus pais, que diante dele lamentaram o desaparecimento de sua filha, perguntando-lhe por que não se contentavam com as fazendas e deixavam livres as pessoas, não fossem eles tão infelizes de, além de ficar pobres, ficarem sem sua filha, que era a luz de seus olhos e a mais bonita criatura que havia em toda a cidade.

O conde mandou que se avisasse a toda sua armada que aquele que a tivesse, devolvesse a menina, sob pena de morte. Nenhuma pena nem temor foram suficientes para que Clotaldo obedecesse. Ele a tinha escondido em seu barco, admirado, ainda que cristãmente, pela incomparável beleza de Isabel, que este era o nome da menina. Finalmente, seus pais ficaram sem ela, tristes e desconsolados e Clotaldo, extremamente alegre, chegou a Londres e entregou à sua esposa, como riquíssimo despojo, a bela menina.

Quis a boa sorte que todos os da casa de Clotaldo fossem católicos secretos, ainda que em público demonstrassem seguir a opinião de sua rainha. Clotaldo tinha um filho chamado Ricardo, com doze anos de idade, ensinado por seus pais a amar e a temer a Deus e a acreditar nas verdades da fé católica. Catalina, mulher de Clotaldo, nobre, cristã e prudente senhora, desenvolveu tanto amor por Isabel que a criava, presenteava e instruía como se fosse sua filha. A menina tinha tão bom caráter que aprendia com facilidade tudo o que lhe ensinavam. Com o tempo e com os presentes, foi esquecendo o que lhe tinham feito seus verdadeiros pais, mas não o suficiente para que deixasse de lembrar-se e suspirar por eles muitas vezes. Ainda que fosse aprendendo a língua inglesa, não perdia a espanhola, porque Clotaldo se preocupava em levar espanhóis sigilosamente a sua casa para que falassem com ela. Deste modo, sem esquecer a sua, como está dito, falava a língua inglesa como se tivesse nascido em Londres.

Depois de lhe terem ensinado todas as coisas que deve saber uma donzela bem nascida sobre bordados, ensinaram-lhe a ler e a escrever mais que medianamente. Contudo, no que mais se destacou foi em tocar todos os instrumentos que são lícitos a uma mulher. Ela o fazia com toda a perfeição musical, acompanhando com a voz, que encantava quando cantava, tão extraordinária que lhe deu o céu.

Todos estes dons, adquiridos e naturalmente seus, pouco a pouco foram acendendo o peito de Ricardo, a quem ela amava e servia como filho de seu senhor. A princípio o amor o surpreendeu como um modo de contemplar a incomparável beleza de Isabel e de considerar suas infinitas virtudes e dons, amando-a como se fosse sua irmã, sem que seus desejos saíssem dos termos honrados e virtuosos. No entanto, como Isabel foi crescendo; tinha doze anos quando Ricardo se apaixonou por ela, aquela benevolência e aquela complacência e prazer em admirá-la se transformaram em ardentíssimos desejos de gozá-la e possuí-la: não aspirava a isto por outros meios senão sendo seu esposo, pois da incomparável honestidade de Isabela (que assim a chamavam eles) não se podia esperar outra coisa, nem ele queria esperar, ainda que o pudesse pela sua condição de nobre, mas a estima que tinha por Isabela, não consentia que nenhum mau pensamento criasse raiz em sua alma.

Mil vezes pensou em manifestar seu desejo a seus pais e outras tantas desistiu de sua determinação porque sabia que o tinham escolhido como esposo de uma rica e nobre donzela escocesa, cristã secreta como eles. Estava claro, segundo dizia ele, que não iam querer dar a uma escrava (se assim se pudesse chamar Isabela) o que já tinham decidido dar a uma senhora. Assim, perplexo e pensativo, sem saber que caminho tomar para alcançar o que queria, vivia de tal jeito a vida que esteve a ponto de perdê-la. Mas, parecendo-lhe ser uma grande covardia morrer sem tentar algum remédio para sua doença, animou-se e esforçou-se em declarar sua intenção a Isabela.

Todos os da casa andavam tristes e alvoroçados com a doença de Ricardo, que era querido por todos e por seus pais ao extremo, não só porque não tinham outro filho, mas porque sua virtude, seu grande valor e sua inteligência o mereciam. Os médicos não acertavam sua doença e ele não ousava, nem queria revelá-la. Finalmente, um dia em que Isabela entrou a servi-lo, vendo-a sozinha, e disposto a romper com as dificuldades que ele imaginava com voz frágil e língua enrolada disse-lhe:

– Bela Isabela, seu valor, sua grande virtude e beleza me têm neste estado em que você me vê. Se não quiser que eu deixe a vida nas mãos das maiores penas que se podem imaginar, faça que seu desejo corresponda ao meu. E ele não é outro senão o de receber você por minha esposa, sem que saibam meus pais, porque temo que por não saberem o que eu sei que você merece, neguem-me o bem que tanto quero. Se me der a palavra de ser minha, eu, como verdadeiro católico e cristão, lhe darei a minha de ser seu e a de não a ter até que alcancemos a bênção da Igreja e de meus pais. O imaginar que você é minha é o suficiente para me dar saúde e manter-me alegre e feliz até que chegue o feliz momento que desejo.

Enquanto Ricardo dizia estas coisas, Isabela o escutava com os olhos baixos, mostrando com este gesto que sua honestidade se igualava à sua beleza, à sua discrição e recato. Assim, vendo que Ricardo tinha parado de falar, honesta, bela e discreta, respondeu-lhe desta maneira:

– Senhor Ricardo, depois que o rigor ou a clemência do céu quis – não sei a qual destes extremos atribuir - tirar-me de meus pais e dar-me aos seus, agradecida pelas infinitas coisas que me fizeram, decidi que minha vontade jamais será diferente da deles e, assim, sem ela não teria por bom, senão por mau, acontecimento o inestimável favor que quer me fazer. Se for com a sabedoria deles eu serei venturosa em merecê-lo e desde aqui aceito o que eles quiserem para mim. Enquanto isso não se resolve ou não é, que distraia os seus desejos saber que os meus serão eternos e limpos em desejar-lhe todo o bem que o céu pode lhe dar.

Aqui Isabela pôs fim a seus honestos e discretos argumentos, ali começou a saúde de Ricardo e lá começaram a reviver as esperanças de seus pais, que estavam mortas em sua doença.

Despediram-se cortesmente: ele, com lágrimas nos olhos; ela, com a alma admirada de ver tão rendida a seu amor a alma de Ricardo que, levantando do leito, segundo seus pais por um milagre, não quis ocultar por mais tempo seus pensamentos. E assim, um dia os manifestou à sua mãe, dizendo-lhe ao final de sua longa fala, que se não o casavam com Isabela, a negativa e a morte eram a mesma coisa. Com tais argumentos e empenho Ricardo exaltou as virtudes de Isabela, que pareceu à sua mãe que a enganada em receber seu filho por esposo era Isabela. Deu esperanças a seu filho de que o pai veria a situação com o mesmo gosto que ela. E assim foi porque apresentando ao marido os mesmos argumentos que a ela lhe tinha apresentado o filho, com facilidade convenceu-o a querer o que o filho desejava, inventando desculpas para impedir o casamento que tinha acordado com a donzela da Escócia.

Nessa época, Isabela tinha quatorze e Ricardo vinte anos e nesta tão verde e florida idade, a discrição e conhecida prudência de ambos os fazia parecer anciãos. Faltavam quatro dias para chegar àquele em que os pais de Ricardo queriam que seu filho inclinasse o pescoço ao jugo do matrimônio, considerando-se sensatos e bem-aventurados por terem escolhido sua prisioneira como filha, tendo por mais nobre dote o de suas virtudes que a riqueza oferecida pela escocesa. As galas estavam preparadas, os amigos convidados e não faltava nada além de fazer a rainha conhecedora daquele acontecimento, porque, sem sua vontade e consentimento, entre os de sangue nobre, não se realiza nenhum casamento; não duvidavam da permissão e, por isso, demoraram em pedi-la.

Digo, então, que estando tudo neste estado, uma tarde, faltando quatro dias para o casamento, um ministro da rainha acabou com toda aquela alegria ao entregar o seguinte recado a Clotaldo: Sua Majestade esperava-o no dia seguinte pela manhã com a prisioneira, a espanhola de Cádiz. Clotaldo respondeu que faria com muito boa vontade o que lhe mandava Sua Majestade. Foi-se o ministro e deixou o peito de todos cheio de confusão, sobressalto e medo.

– Ai! – disse a senhora Catalina. – Se a rainha sabe que eu criei esta menina como católica e disso venha a inferir que todos os desta casa somos cristãos! Pois, se a rainha lhe perguntar o que aprendeu nestes oito anos em que é prisioneira, o que pode responder a coitada, por mais discreta que seja, que não nos condene?

Ouvindo isso, Isabela lhe disse:

– Não lhe cause aflição, minha senhora, este temor. Eu confio no céu que por sua divina misericórdia me dará naquele instante as palavras que não só não os condenem, mas que sejam para seu proveito.

Ricardo tremia, como se pressentisse algum mau acontecimento. Clotaldo procurava um modo de reanimar seu temor e só o encontrava na grande confiança que tinha em Deus e na prudência de Isabela. Recomendou-lhe que escondesse por todas as vias algo que pudesse condená-los por católicos, porque, apesar de estarem com o espírito pronto para receber o martírio, a carne fraca recusava a amarga caminhada. Isabela lhes assegurou muitas vezes que estivessem seguros de que por sua causa não aconteceria o que temiam e suspeitavam, porque, ainda que ela não soubesse naquele momento como iria responder às perguntas que lhe fizessem, tinha viva e certa esperança de responder de modo que, como tinha dito da outra vez, suas respostas lhes serviriam de crédito.

Pensaram em muitas coisas naquela noite, especialmente que se a rainha soubesse que eram católicos, não lhes enviaria uma mensagem tão mansa, pelo que então se podia inferir que só queria ver Isabela, cuja beleza e habilidades sem igual tinham chegado a seus ouvidos, como aos de todos os da cidade. No entanto, já eram culpados por não tê-la apresentado à rainha e pensaram que poderiam desculpar-se dizendo que no exato momento em que caiu no poder deles, escolheram-na e designaram-na por esposa de seu filho Ricardo. Mas também nisso eram culpados, por terem organizado o casamento sem a permissão da rainha, ainda que este erro não lhes parecesse digno de grande castigo.

Com isto se consolaram e decidiram que Isabela não iria vestida humildemente, como prisioneira, mas como esposa, pois já o era de tão nobre esposo, seu filho. Decididos, no dia seguinte, vestiram Isabela à espanhola, com uma saia de seda verde, forrada com um rico tecido de ouro, toda ela bordada com riquíssimas pérolas; colar e cinto de diamantes e com um leque como o das damas espanholas. Seu cabelo, que era abundante, loiro e comprido, foi salpicado de diamantes e pérolas que lhe faziam o penteado. Com este riquíssimo enfeite, com sua desembaraçada gentileza e sua milagrosa beleza, apareceu em Londres naquele dia em uma bonita carruagem, levando consigo as almas e os olhos de todos os que a admiravam. Na carruagem, iam com ela Clotaldo, sua mulher e Ricardo e, a cavalo, muitos de seus ilustres parentes. Clotaldo quis fazer toda esta honra para sua prisioneira, para obrigar a rainha a tratá-la como esposa de seu filho.

Chegando ao palácio, e a uma grande sala onde estava a rainha, Isabela entrou dando a mais bonita mostra que pode caber em uma imaginação. A sala era grande e espaçosa e Isabela adiantou-se dois passos dos que a acompanhavam. Como ficou sozinha, parecia uma estrela ou um raio que se move em uma noite serena e sossegada, ou um raio de sol que ao amanhecer do dia por entre duas montanhas se revela. Tudo isto parecia um cometa que anuncia o incêndio de mais de uma alma dos que ali estavam, a quem o Amor queimou com os raios dos bonitos sóis de Isabela, que cheia de humildade e cortesia, ajoelhou-se diante da rainha e disse-lhe em língua inglesa:

– Dê Vossa Majestade as mãos a esta sua serva, que a partir de hoje se considerará uma senhora por ter sido tão venturosa em ver sua grandeza.

A rainha ficou olhando-a por um bom tempo, sem dizer-lhe uma só palavra, parecendo, como depois disse sua camareira, que tinha diante de si um céu estrelado, cujas estrelas eram as muitas pérolas e diamantes que Isabela usava; seu belo rosto e seus olhos pareciam o sol e a lua e toda ela uma nova maravilha de beleza. As damas que estavam com a rainha queriam converter-se em olhos, para que não ficasse nada por ver em Isabela: a vivacidade de seus olhos, a cor do seu rosto, a desenvoltura de seu corpo e a doçura de sua fala. E houve a que, com pura inveja, tenha dito:

– A espanhola é boa, mas não me agrada o traje.

Depois que passou algum tempo da suspensão da rainha, fazendo com que Isabela se levantasse, lhe disse:

– Fale-me em espanhol, donzela, que eu o entendo bem e gostarei de ouvi-lo.

E dirigindo-se a Clotaldo, disse:

– Clotaldo, você me ofendeu tendo por tantos anos este tesouro escondido, mas ele é tal que certamente lhe moveu a cobiça. Você está obrigado a devolvê-lo, porque é meu de direito.

– Senhora – respondeu Clotaldo –, é bem certo o que diz Vossa Majestade: confesso minha culpa se ela for ter guardado este tesouro para que estivesse na perfeição que convinha para aparecer diante de seus olhos. Agora que está, pensava trazê-lo melhorado, pedindo a permissão de Vossa Majestade para que Isabela seja esposa de meu filho Ricardo e dar-lhe, grande Majestade, nos dois, tudo o que posso dar-lhe.

– Até o nome me agrada – respondeu a rainha –: não falta senão chamá-la Isabela, a espanhola para que não me reste nenhuma objeção a fazer à sua perfeição. Mas, atente, Clotaldo, sei que sem minha permissão lhe tinha prometido a seu filho.

– É verdade, senhora – respondeu Clotaldo –, mas eu o fiz confiando que os muitos e significativos serviços que meus antepassados e eu fizemos para esta coroa alcançariam de Vossa Majestade outros favores mais difíceis que esta permissão, ainda mais porque meu filho ainda não está casado.

– Nem estará casado com Isabela até que por si mesmo o mereça, disse a rainha. Quero dizer que não quero que se aproveitem seus serviços e os de seus antepassados para esse fim: ele, por si mesmo, deve dispor-se a servir-me e a merecer esta joia, porque já a estimo como se fosse minha filha.

Isabela mal escutou esta última palavra e voltou a ajoelhar-se diante da rainha, dizendo-lhe em língua castelhana:

– As desgraças que tais acontecimentos trazem, Sereníssima Senhora, antes devem ser entendidas por venturosas que por desventurosas. Vossa Majestade já me chama de filha, com tal demonstração, que males poderei temer e que bens poderei esperar?

Isabela dizia tudo isto com tanta graça e discrição que a rainha se interessou extremamente por ela e ordenou que ficasse em seu serviço. Entregou-a a uma grande senhora, sua camareira-mor, para que ela lhe ensinasse o seu modo de viver.

Ricardo, que sentia como se perdesse a vida perdendo Isabela, esteve a ponto de perder o juízo. Tremendo e sobressaltado, ajoelhou-se diante da rainha e disse-lhe:

– Para que eu sirva a Vossa Majestade não é preciso incitar-me com outros prêmios senão aqueles que meus pais e antepassados receberam por ter servido a seus reis. No entanto, porque Vossa Majestade deseja que eu a sirva com novos desejos e pretensões, gostaria de saber de que modo e fazendo o que poderia demonstrar que cumpro com a obrigação que me impõe.

– Dois navios, dos quais fiz por general o barão de Lansac, – respondeu a rainha – estão partindo em captura de embarcações inimigas. Faço você capitão de um deles, porque seu sangue de origem suprirá sua pouca idade. Atente a oportunidade que lhe dou, pois correspondendo a quem você é, servindo sua rainha, mostrando o valor de seu trabalho e de sua pessoa poderá alcançar o melhor prêmio que, a meu ver, acerta em desejar. Eu mesma serei a guardiã de Isabela, ainda que ela dê mostras de que sua honestidade é sua maior guardiã. Vá com Deus, porque, como vai apaixonado, imagino que seus feitos grandes coisas prometem. Feliz seria o rei guerreiro que tivesse em seu exército dez mil soldados apaixonados que esperassem que o prêmio de suas vitórias fosse ter suas amadas. Levante-se, Ricardo, e veja se tem ou quer dizer alguma coisa para Isabela, porque amanhã ela verá sua partida.

Ricardo beijou as mãos da rainha, estimando muito o favor que lhe fazia. Em seguida, ficou de joelhos diante de Isabela e querendo falar-lhe, não conseguiu, porque lhe deu um nó na garganta que lhe travou a língua. As lágrimas apareceram em seus olhos e ele tentou dissimulá-las o máximo possível, mas, apesar disso, não puderam encobrir-se aos olhos da rainha, que disse:

– Não se intimide, Ricardo, de chorar e nem se considere inferior por ter dado neste momento mostra tão terna de seu coração: porque uma coisa é lutar com os inimigos e outra é despedir-se de quem se quer bem. Abrace, Isabela, a Ricardo e dê-lhe sua bênção, porque bem o merece seu sentimento.

Isabela, que estava perplexa e atônita de ver a humildade e a dor de Ricardo, que como seu esposo a amava, não entendeu o que a rainha tinha mandado e começou a derramar lágrimas, tão inconscientemente, tão séria e tão paralisada que parecia uma estátua de alabastro. O afeto dos dois amantes, tão ternos e tão apaixonados, fez com que muitos dos circundantes chorassem. Sem Ricardo dizer mais nenhuma palavra, e sem lhe ter tido alguma, Isabela, Clotaldo e os que iam com ele reverenciaram a rainha e saíram da sala, cheios de compaixão, tristeza e lágrimas.

Isabela ficou como a órfã que acaba de enterrar seus pais e temia que a nova senhora quisesse mudar-lhe os costumes com os quais lhe tinha criado a primeira. Dois dias depois Ricardo içou vela, agitado, entre outros muitos, por dois pensamentos que o deixavam fora de si: o primeiro era considerar que lhe convinha passar por feitos que o fizessem merecedor de Isabela e, o outro, que não poderia passar por nenhum, se quisesse responder à sua condição, que o impedia de levantar a espada contra católicos como ele. Se não atacasse, seria visto como cristão ou covarde e tudo isso redundava em dano à sua vida e em obstáculo para sua pretensão.

Finalmente decidiu postergar o desejo de apaixonado ao de ser católico e em seu coração pedia ao céu que lhe concedesse ocasiões nas quais cumprisse com o ser cristão e, sendo valente, deixasse a rainha satisfeita e merecida Isabela.

Os barcos navegaram seis dias com vento próspero, seguindo a rota das ilhas Terceiras, paragem onde nunca faltam ou barcos portugueses vindos das Índias orientais ou alguns derrotados das ocidentais. Depois destes seis dias, um vento fortíssimo (que no mar oceano tem outro nome que no Mediterrâneo, onde se chama meio-dia) começou a bater de lado. O vento foi tão duradouro e forte que, sem conseguir ocupar as ilhas, dirigiram-se forçosamente à Espanha. Junto a sua costa, na boca do estreito de Gibraltar, encontraram três navios: um poderoso e grande e dois pequenos. Ricardo deixou que o capitão conduzisse o barco porque queria saber de seu general se investiriam contra os três navios descobertos. Antes que chegasse ao outro barco, Ricardo viu que colocavam sob a vela um estandarte preto e, aproximando-se mais, escutou que tocavam roucos clarins e trompetes: sinais claros de que o general ou uma pessoa importante da embarcação tinha morrido. Com este sobressalto começaram a se falar, o que não tinham feito desde que saíram do porto. Gritaram do barco capitão, que Ricardo passasse a ele porque, na noite anterior, o capitão da embarcação tinha morrido de uma apoplexia. Todos se entristeceram, menos Ricardo, que se alegrou, não pela morte de seu general, mas por saber que ficava livre para mandar nos dois navios, porque esta tinha sido a ordem da rainha:

faltando o general, que o fosse Ricardo. Com presteza passou ao barco capitão onde viu que alguns choravam pelo general morto e outros se alegravam com o vivo.

Finalmente uns e outros lhe renderam obediência e aclamaram-no general com cerimônias breves. Rapidamente, dois dos três navios que tinham descoberto desviaram-se do maior e aproximavam-se de seus barcos.

Reconheceram ser galeras, e turcas, pelas meias luas que traziam nas bandeiras. Fato que alegrou Ricardo que achou que, se o céu lhe concedesse aquela presa, seria um ataque de respeito, sem ofender nenhum católico. As duas galeras turcas reconheceram os navios ingleses, que não levavam insígnias da Inglaterra, mas da Espanha, para enganar quem chegasse a reconhecê-lo e para não serem considerados navios corsários. Os turcos acreditaram que eram navios derrotados das Índias e que facilmente seriam rendidos. Foram entrando pouco a pouco e Ricardo, propositadamente, deixou-os entrar até tê-los a gosto de sua artilharia. Mandou disparar em momento tão propício que com cinco balas acertou, com fúria, o meio de uma das galeras que se partiu ao meio. A embarcação virou e começou a ir a pique sem que se pudesse remediar. A outra galera, vendo tão mau acontecimento, com muita pressa rebocou-a e levou-a para a parte de trás do grande navio, mas Ricardo que tinha seus homens atentos e rápidos, porque entravam e saíam como se tivessem remos, mandando carregar de novo toda a artilharia, foi seguindo os turcos até o navio, fazendo chover sobre eles uma infinidade de balas. Os da galera aberta abandonaram-na assim que chegaram ao navio e apressadamente procuraram proteger-se. Vendo isto e também que a galera inteira se ocupava da que tinha sido rendida, Ricardo investiu sobre ela com seus dois navios. Sem deixar-lhe dar a volta e nem valer-se de seus remos, encurralou-a. Os turcos aproveitavam para refugiar-se no navio, não para defendê-lo, mas para salvar suas vidas. Os cristãos, que vinham prisioneiros nas galeras, arrancando os grilhões e rompendo as correntes, misturados com os turcos, protegiam-se no navio. Como iam subindo pela sua lateral, com os arcabuzes dos navios os iam acertando como alvo; somente aos turcos porque Ricardo mandou que ninguém atirasse nos cristãos. Desta maneira, a maioria dos turcos foi morta, e os que entraram no navio, foram feitos pedaços pelos cristãos, que com eles se misturaram, e aproveitavam-se de suas armas: porque a força dos valentes, que caem, passa para a fraqueza dos que se levantam. E assim, com o ânimo que lhes dava aos cristãos pensar que os navios ingleses eram espanhóis, fizeram maravilhas para alcançar a liberdade. Finalmente, estando mortos quase todos os turcos, alguns espanhóis se puseram na borda do navio e, gritando, chamaram os que pensavam ser espanhóis para gozar o prêmio do vencimento.

Ricardo perguntou-lhes em espanhol que navio era aquele. Responderam-lhe que era um navio que vinha da Índia de Portugal, carregado com tantas especiarias, pérolas e diamantes, que valia mais de um milhão em ouro. Tinha sido arrastado pela tormenta àquele lugar, todo destruído e sem artilharia, por terem sido lançadas ao mar as pessoas doentes e as quase mortas de fome e de sede. Contaram que aquelas duas galeras eram do corsário Arnaúte Mamí e os tinham rendido, sem que conseguissem se defender e, também, que pelo que tinham conseguido ouvir, levavam o navio rebocado até o rio Larache, que estava ali perto, por não conseguir passar tanta riqueza a seus dois barcos.

Ricardo lhes respondeu que se pensavam que aqueles dois navios eram espanhóis estavam enganados, pois eram da senhora rainha da Inglaterra. A notícia deu o que pensar e temer aos que ouviam, achando, como era certo que achassem, que de um engano tinham caído a outro. No entanto, Ricardo lhes disse que não temessem e que estivessem seguros de sua liberdade, contanto que não se pusessem em defesa.

– Nem é possível que nos defendamos – responderam – porque, como dissemos, este navio não tem artilharia nem nós temos armas. Assim que somos forçados a aceitar a gentileza e generosidade do senhor general, pois é justo que quem nos livrou do insuportável cativeiro dos turcos leve adiante tão grande favor, que poderá fazê-lo famoso em todas as partes, que serão infinitas, onde chegar a nova desta vitória memorável e de sua generosidade, por nós mais esperada que merecida.

Os argumentos do espanhol não pareceram ruins a Ricardo. Chamando os que estavam em seu navio, perguntou-lhes como faria para enviar todos os cristãos à Espanha sem correr o perigo de um mau acontecimento, já que eram muitos e podiam rebelar-se. Houve pareceres de que os fizesse entrar um a um em seu navio e, quando fossem entrando, matar a todos e levar o grande navio a Londres sem nenhum temor.

Ao que respondeu Ricardo:

– Pois Deus nos fez tão grande favor em nos dar tantas riquezas que não quero corresponder-lhe com um espírito cruel e ingrato e nem é certo que o que posso remediar com a inteligência, remedeie com a espada. Assim, sou da opinião que nenhum católico morra: não porque lhes queira bem, mas porque me quero muito bem e queria que a façanha de hoje nem a mim nem a vocês, que foram meus companheiros nela, desse, junto com o nome de valentes, o sobrenome de cruéis, porque nunca andaram juntas a crueldade e a valentia. O que se há de fazer é passar toda a artilharia de um de nossos navios ao grande navio português, sem deixar em nosso navio nada mais que mantimentos. Nossa gente levará o grande navio à Inglaterra e os espanhóis voltarão em nosso navio para a Espanha.

Ninguém ousou contradizer o que Ricardo tinha proposto e alguns o consideraram valente, magnânimo e inteligente; outros, julgaram-no em seus corações mais católico do que deveria. Resolvido, Ricardo entrou no navio português com cinquenta arcabuzeiros, todos muito alertas. Encontrou no navio quase trezentas pessoas que tinham escapado das galeras. Pediu o registro da embarcação e aquele mesmo espanhol que lhe tinha falado da borda a primeira vez respondeu-lhe que o registro tinha sido roubado pelo corsário que com o navio tinha se afogado. Rapidamente colocou tudo em ordem e, aproximando seu segundo barco ao grande navio, com admirável rapidez e com a força de fortíssimos cabrestantes, passou a artilharia do pequeno barco para o maior. Logo, falou rapidamente com os cristãos e mandou-os passar para o barco livre, onde encontraram mantimento em abundância para mais de um mês e para muito mais gente. À medida que iam embarcando, Ricardo dava a cada um deles quatro escudos de ouro espanhóis, para remediar parte de suas necessidades quando chegassem a terra, tão próxima, que se viam dali as montanhas de Abala e Calpe. Todos agradeceram infinitamente seu gesto e o último a embarcar foi aquele que tinha falado pelos demais e disse:

– Seria mais afortunado, estimado cavaleiro, se me levasse

com o senhor para a Inglaterra e não para a Espanha porque, ainda que seja a minha pátria e não faça mais que seis dias que dela parti, não encontrarei nela senão tristeza e solidão.

"Saiba, senhor, que na derrota de Cádiz, que aconteceu há quinze anos, perdi uma filha que os ingleses devem ter levado para a Inglaterra. Com ela perdi o descanso de minha velhice e a luz de meus olhos, porque, depois que deixaram de vê-la, nunca mais viram coisa que lhes agradassem. A grande tristeza que me causou sua perda e a da fazenda, que também perdi, deixaram-me de um jeito que já não quis e nem pude exercer o comércio, e antes era conhecido como o mais rico comerciante de toda a cidade. E era verdade porque além do dinheiro, que passava de muitas centenas de escudos, minha fazenda valia mais de cinquenta mil ducados. Perdi tudo e não teria perdido nada, se tivesse minha filha. Depois dessa geral e particular desgraça, a necessidade veio me incomodar, e incomodou tanto que, não podendo resistir a ela, minha mulher e eu, que é aquela triste que está ali sentada, decidimos ir para as Índias, refúgio dos pobres. Tendo-nos embarcado em um navio de guerra, depois de seis dias do embarque em Cádiz, encontraram-se com o navio estes dois barcos corsários e fizeram-nos prisioneiros, o que renovou nossa desgraça e confirmou nossa desventura, que teria sido maior se os corsários não tivessem invadido aquele navio português que os distraiu até acontecer tudo o que aconteceu."

Ricardo perguntou-lhe como se chamava a sua filha. Respondeu-lhe que Isabel. Com esta resposta Ricardo confirmou o que já suspeitava, que aquele homem era o pai de sua querida Isabela. Sem falar nada sobre ela, disse-lhe que com prazer levaria sua mulher e a ele a Londres, onde poderia ser que conseguissem as notícias que esperavam. Fez com que entrassem rápido em seu barco e colocou muitos marinheiros e guardas no navio português.

Naquela noite içaram velas e apressaram-se em afastar-se da Espanha e do navio dos prisioneiros livres. Entre eles, iam uns vinte turcos, aos quais Ricardo também tinha dado liberdade, para mostrar que, mais do que por amor aos católicos, tinha sido generoso por sua boa condição. Pediu aos espanhóis que na primeira ocasião que tivessem, dessem liberdade aos turcos, e mesmo com isso se mostraram agradecidos.

O vento, que dava sinais de ser próspero e longo, começou a acalmar de um jeito que sua calma causou uma grande tormenta entre os ingleses que culpavam Ricardo e sua generosidade, dizendo-lhe que os libertos poderiam dar aviso daquele acontecimento na Espanha e que se por acaso tivessem galeões no porto, poderiam sair à sua procura e colocá-los em apuros e em condição de perder-se. Ricardo bem sabia que tinham razão, mas convencendo a todos com bons argumentos, acalmou-os. Mais os acalmou o vento, que voltou a refrescar de modo que, içando todas as velas, sem a necessidade de ajustá-las, em nove dias se encontraram à vista de Londres. E quando, vitoriosos voltaram, faltavam trinta dos que tinham ido.

Ricardo, por causa da morte de seu general, não quis entrar no porto dando mostras de alegria. Assim, combinou os sinais alegres e os tristes: algumas vezes soavam os clarins alegres; outras, os trompetes roucos; umas, tocavam os tambores alegres e as armas exaltadas, aos quais com tristes mostras respondiam os flautins. Em uma das velas estava pendurada, ao contrário, uma bandeira cravejada de meias luas. Em outra, via-se um grande estandarte de tafetá preto, cujas pontas beijavam a água. Com estes tão contrários extremos, finalmente entrou no rio de Londres com seu barco, como não tinha fundo para que o navio passasse, ficou ancorado no mar.

Estes sinais tão contraditórios deixaram admiradas as milhares de pessoas que da margem os viam. Reconheceram, por algumas insígnias, que aquele barco menor era da capitania do barão de Lansac, mas não conseguiam entender como o outro barco, tinha-se convertido naquele poderoso navio que ficava no mar. Tirou-lhes aquela dúvida Ricardo que, saltando do esquife, armado com ricas e resplandecentes armas, a pé e sem esperar outro acompanhamento que aquele inumerável povo que o seguia, foi ao palácio onde a rainha esperava que lhe levassem as novas dos navios.

Isabela estava com a rainha e com as outras damas. Vestida à inglesa, ficava tão bem quanto à castelhana. Antes que chegasse Ricardo, chegou outro que contou para a rainha como vinha. Isabela se alvoroçou ouvindo o nome de Ricardo e naquele momento temeu e esperou bons e maus acontecimentos com sua chegada.

Ricardo era alto, forte e bem proporcional. Como estava de armadura, espaldar, gola, braceletes, com umas armas de Milão, gravadas e douradas, surpreendia a todos aqueles que o viam. Não lhe cobria a cabeça um capacete, mas um chapéu com grande aba, amarelado, com grande diversidade de plumas bordadas; a espada, larga; os estojos das armas, ricos; as calças à suíça. Com este adorno e com seu passo brioso, alguns o compararam a Marte, deus das batalhas, e outros, guiados pela beleza de seu rosto, o compararam a Vênus, que, para fazer alguma brincadeira com Marte, tinha se disfarçado daquele jeito. Finalmente chegou diante da rainha e, de joelhos, disse-lhe:

– Grande Majestade, por força de sua vontade e em consequência de meu desejo, depois de o general de Lansac ter morrido de uma apoplexia, ficando eu em seu lugar, a sorte me deparou com duas galeras turcas que rebocavam aquele grande navio que ali se vê. Acometi contra ela, os seus soldados lutaram como sempre e pusemos a pique os barcos dos corsários. Em um de nossos barcos, em seu nome real, dei liberdade aos cristãos que escaparam do poder dos turcos. Somente trouxe comigo um homem e uma mulher espanhóis que por vontade própria quiseram vir ver Vossa Grandeza. Aquele navio é dos que vêm da Índia de Portugal. Por causa de uma tormenta, caiu em poder dos turcos que, com pouco trabalho, ou, melhor dizendo, com nenhum trabalho, renderam-no. Segundo disseram alguns portugueses que nele vinham, passa de um milhão em ouro o valor das especiarias, pérolas e diamantes que leva dentro. Nada foi tocado, nem os turcos chegaram a tocá-lo, porque tudo destinou o céu, e eu mandei guardar, a Vossa Majestade. Se me der apenas uma joia ainda lhe terei em dívida dez navios. Esta joia Vossa Majestade já me tem prometida e é minha boa Isabela. Com ela serei rico e premiado, não só por este serviço que Vossa Majestade me mandou, mas por muitos outros que penso realizar para pagar parte de quase todo o infinito que Vossa Majestade me oferece.

– Levante-se, Ricardo – respondeu a rainha – e acredite que, se por valor eu tivesse que lhe dar Isabela, pelo tanto que a estimo, você não poderia pagar nem com o que traz no navio, nem com o que resta nas Índias. Dou-lha porque prometi e porque ela é digna de você e você é digno dela. Somente sua coragem a merece. Se você guardou as joias do navio para mim, eu guardei sua joia para você. Ainda que lhe pareça que não faço muito em dar-lhe o que é seu, sei que faço grande favor com isso; porque a joia que se compra com desejo e tem seu apreço na alma do comprador, vale o mesmo que vale a alma, isto é, não há preço na terra que a pague. Isabela é sua, ali está. Quando quiser, pode tomar posse dela e creio que será com seu consentimento, porque é inteligente e saberá ponderar a amizade que lhe tem. Não quero chamar favor, mas amizade, pois desejo ser conhecida como a única que pode fazer favores. Vá descansar e venha ver-me amanhã porque anseio escutar mais detalhadamente suas façanhas e traga os dois que você disse que por vontade própria quiseram vir me ver, porque quero agradecer-lhes.

Ricardo beijou-lhe as mãos em agradecimento aos grandes favores que lhe tinha feito. A rainha entrou em uma sala e as damas rodearam Ricardo. Uma delas, que tinha feito grande amizade com Isabela, chamada senhora Tansi, tida como a mais discreta, desenvolta e graciosa de todas, disse a Ricardo:

– O que é isso, senhor Ricardo? Que armas são essas? Por acaso pensava que vinha lutar contra seus inimigos? A verdade é que aqui todas somos suas amigas, especialmente a senhora Isabela que, como espanhola, é obrigada a servir-lo com benevolência.

– Lembre-se ela, senhora Tansi, de ter-me alguma benevolência, disse Ricardo. E eu sei que será benevolente, pois não pode caber em seu valor, inteligência e em sua rara beleza, a feiúra de ser mal agradecida.

Respondeu Isabela:

– Senhor Ricardo, serei sua e pode tomar de mim tudo o que

quiser para recompensar todos os elogios que me concedeu e todos os favores que pensa fazer por mim.

Estas e outras honestas razões diziam Ricardo, Isabela e as damas. Entre elas, havia uma donzela muito jovem, que não parou de olhar para Ricardo enquanto ele esteve ali. Levantava-lhe parte da armadura, para ver o que tinha debaixo dela; tocava-lhe a espada e, com simplicidade de menina, queria que as armas lhe servissem de espelho, chegando a olhar-se muito perto delas. Depois que Ricardo foi embora, dirigindo-se às damas, disse:

– Agora, senhoras, eu imagino que a guerra deve ser uma coisa belíssima, porque mesmo entre as mulheres parecem bonitos os homens armados.

– E como parecem! – respondeu a senhora Tansi; olhe Ricardo, com aquela roupa que vai caminhando pela rua, parece o sol baixado a terra.

Todas riram do que disseram Tansi e a donzela. Não faltaram murmuradores que consideraram uma impertinência Ricardo ir armado até o palácio, outros, disseram que como soldado, podia fazê-lo para mostrar sua valentia.

Ricardo foi recebido com mostras de inestimável amor por seus pais, amigos, parentes e conhecidos. Aquela noite por seu sucesso foi de alegria em Londres. Os pais de Isabela estavam na casa de Clotaldo, a quem Ricardo tinha contado quem eram e pedido que não lhes dissessem nada sobre Isabela até que ele mesmo o fizesse. O mesmo aviso receberam a senhora Catalina, sua mãe, e todos os criados e criadas da casa. Naquela mesma noite, com muitos barcos e navios, e com não menos olhos que o olhavam, começaram a descarregar o grande navio, que em oito dias não parou de dar muita pimenta e outras riquíssimas mercadorias trazidas em seu ventre.

No dia que seguiu esta noite, Ricardo foi até o palácio levando consigo, vestidos à inglesa, o pai e a mãe de Isabela. Disse-lhes que a rainha queria vê-los. Chegaram onde estava a rainha, no meio de suas damas, esperando por Ricardo, a quem quis agradar tendo a seu lado Isabela vestida do mesmo jeito que no dia em que foi apresentada à rainha, não menos bonita agora do que antes. Os pais de Isabela ficaram admirados e atônitos em ver tanta grandeza e esplendor juntos. Olharam para Isabela, mas não a reconheceram, ainda que o coração, pressagiando o bem que tinham tão próximo, começou a pular-lhes no peito, não com um sobressalto que os entristecesse, mas com uma alegria que eles não conseguiam compreender. A rainha não consentiu que Ricardo se ajoelhasse diante dela, fez com que se levantasse e sentasse em uma cadeira sem respaldo, que tinha sido colocada para ele: inusitado favor para a altiva condição da rainha. E um disse a outro:

– Ricardo não se senta hoje na cadeira que lhe deram, mas sobre a pimenta que trouxe.

E disse outro:

– Agora se comprova o que comumente se diz, que as dádivas quebram pedras, pois as que trouxe Ricardo abrandaram o duro coração de nossa rainha.

E disse outro:

– Agora que está bem sentado, mais de dois se atreverão a pedir-lhe favores.

Na verdade, aquela nova honra que a rainha prestava a Ricardo deu ocasião para que nascesse a inveja em muitos peitos dos que estavam olhando-o, porque não há favor que o príncipe faça por sua vontade que não seja uma lança que atravessa o coração do invejoso.

A rainha quis que Ricardo contasse detalhadamente como tinha acontecido a batalha contra os navios dos corsários. Ele contou de novo, atribuindo a vitória a Deus e aos corajosos braços de seus soldados. Enalteceu a todos e destacou o feito de alguns que tinham se sobressaído, o que obrigou a rainha a recompensar a todos e, mais, aos que se tinham destacado. Quando contou que tinha libertado turcos e cristãos em nome de Sua Majestade, disse:

– Aquela mulher e aquele homem que estão ali, e apontou para os pais de Isabela, são os que disse ontem a Vossa Majestade que, desejando conhecer sua grandeza, me pediram encarecidamente que os trouxesse comigo. Eles são de Cádiz, pelo que me contaram. Também pelo que vi e notei são pessoas ilustres e de valor.

A rainha mandou que se aproximassem. Isabela levantou os olhos para ver os espanhóis, de Cádiz, desejando saber se porventura conheciam seus pais. Assim que Isabela levantou os olhos, sua mãe deteve o passo para olhá-la mais atentamente, e na memória de Isabela começaram a aparecer lembranças confusas que lhe davam a entender que em outro tempo ela tinha visto aquela mulher que agora tinha diante de si. Seu pai também estava confuso, sem ousar acreditar na verdade que seus olhos lhe mostravam. Ricardo estava muito atento aos sentimentos e movimentos que as três duvidosas e perplexas almas faziam, tão confusas estavam entre o conhecer-se ou não. A rainha percebeu a dúvida de todos e o desassossego de Isabela, que suava e levantava a mão para ajeitar o cabelo muitas vezes.

Isabela desejava que a que pensava ser sua mãe falasse, quem sabe assim os ouvidos lhe tiravam a dúvida que os olhos tinham deixado. A rainha pediu que Isabela perguntasse para aquela mulher e aquele homem, em língua espanhola, porque não quiseram gozar da liberdade que Ricardo lhes tinha dado, uma vez que é a coisa mais amada, não só pelas pessoas com inteligência, mas também pelos animais que carecem dela.

Isabela perguntou tudo isto a sua mãe que, sem responder uma palavra, sem cortesia e meio tropeçando, chegou até ela e aproximou a mão à orelha direita da menina onde encontrou um pequeno sinal preto que certificou sua suspeita. Vendo claramente que Isabela era sua filha, abraçou-a e deu um grito dizendo:

– Ó, filha de meu coração! Ó, joia rara de minha alma!

Caiu desmaiada nos braços de Isabela sem poder prosseguir.

Seu pai, não menos terno e prudente, deu mostras de seu sentimento não com outras palavras que as lágrimas que calmamente banharam seu rosto e sua barba. Isabela aproximou seu rosto ao de sua mãe e, voltando o olhar a seu pai, olhou-o de tal maneira que lhe deu a entender a alegria e a tristeza que sua alma sentia ao vê-los ali. A rainha, admirada com o acontecido, disse a Ricardo:

– Penso, Ricardo, que organizou este encontro com sua sensatez, e não diga que foi combinado, pois sabemos que assim poderia matar uma súbita alegria, como matou uma tristeza.

Dizendo isso, dirigiu-se a Isabela e separou-a de sua mãe, que voltou a si depois que sua filha lhe jogou água no rosto. Estando mais consciente, ajoelhou-se diante da rainha e disse-lhe:

– Vossa Majestade perdoe meu atrevimento, porque é pouco perder os sentidos com a alegria do encontro desta joia amada.

A rainha respondeu que ela tinha razão e Isabela serviu de intérprete para que se entendessem. Reconheceu seus pais e seus pais reconheceram-na, da maneira que se contou. A rainha mandou que ficassem no palácio para que sem pressa pudessem ver e falar com sua filha e se alegrassem com ela. Ricardo alegrou-se com tudo isso e de novo pediu à rainha que cumprisse com a palavra que lhe tinha dado: entregar-lhe Isabela se a merecesse e, caso não a merecesse, suplicava-lhe que o mandasse logo fazer coisas que o tornassem digno de alcançar o que desejava. Bem entendeu a rainha que Ricardo estava satisfeito de si mesmo e de sua coragem e que não precisava de novas provas para qualificá-lo. Assim, disse-lhe que dali a quatro dias lhe entregaria Isabela, fazendo aos dois as maiores honras que fossem possíveis. Assim se despediu Ricardo, felicíssimo com a esperança próxima de ter para si Isabela, sem o medo de perdê-la, último desejo de todos os amantes.

Passou o tempo, mas não com a velocidade com que ele desejava: porque os que vivem com esperanças de promessas vindouras sempre imaginam que o tempo não voa, mas que anda sob os pés da própria preguiça. Finalmente chegou o dia no qual Ricardo não pensava em pôr fim a seus desejos, mas encontrar em Isabela novas coisas que lhe fizessem querê-la mais, se mais pudesse. Mas, naquele breve tempo, pensando que o barco de sua boa fortuna navegava com vento próspero ao desejado porto, a contrária sorte levantou tamanha tormenta em seu mar que mil vezes temeu que afundasse.

O caso é que a camareira-mor da rainha, a cujo cargo estava Isabela, tinha um filho de vinte e dois anos chamado Arnesto. A grandeza de sua condição, a realeza de seu sangue, a grande influência que sua mãe tinha com a rainha faziam-no arrogante, altivo e confiado, além da medida. Este Arnesto se apaixonou tão perdidamente por Isabela, que na luz de seus olhos tinha iluminada sua alma. Ainda que no tempo que Ricardo esteve ausente tivesse alguns sinais de seu desejo, eles nunca foram aceitos por Isabela. Se no início dos amores a repugnância e o desdém costumam fazer com que os apaixonados desistam, em Arnesto aconteceu o contrário: os muitos e conhecidos desdéns que lhe fazia Isabela ardiam seu cuidado e queimavam sua honestidade. Como viu que Ricardo, segundo o parecer da rainha, tinha merecido Isabela, e que em pouco tempo a entregaria como mulher, desesperou-se. Antes que chegasse a tão infame e covarde medida, falou com sua mãe, dizendo-lhe que lhe pedisse Isabela à rainha como esposa e que se não a desse, que soubesse que a morte estava batendo à sua porta. A camareira ficou surpresa com o que disse seu filho e como conhecia a aspereza de sua imprudente condição e a tenacidade com que os desejos se colavam sua alma, temeu que o amor acabasse em um infeliz acontecimento. Com tudo isso, como mãe, a quem é natural desejar e procurar o bem de seus filhos, prometeu ao seu que falaria com a rainha: não com a esperança de alcançar dela o impossível, que era romper com sua palavra, mas por não deixar de tentar os últimos remédios.

Estando, por ordem da rainha, Isabela tão ricamente vestida aquela manhã, de um jeito que a pluma não se atreve a contar, tendo em seu pescoço um colar com as melhores pérolas que havia no navio, que a rainha mesmo tinha colocado ao pescoço e que avaliaram em vinte mil ducados, e um anel de diamante, que se avaliou em seis mil escudos e estando alvoroçadas as moças pela festa do casamento próximo, entrou a camareira-mor, dirigiu-se à rainha e de joelhos suplicou-lhe que suspendesse o casamento de Isabela por dois dias, que com este único favor que Sua Majestade lhe fizesse já se daria por satisfeita e paga por todos os favores que por seus serviços merecia e esperava.

A rainha, primeiro quis saber por que pedia com tanto afinco aquela suspensão que ia diretamente contra a palavra que tinha dado a Ricardo, mas a camareira não quis dar nenhuma explicação antes de ter assegurado que se faria o que lhe pedia. E o teve, tanta era a vontade da rainha de saber a causa daquele pedido. E assim, depois que a camareira alcançou o que desejava, contou para a rainha dos amores de seu filho e como temia que se não lhe dessem Isabela por esposa, que desaparecesse ou fizesse alguma coisa sem pensar e que, se tinha pedido aqueles dois dias, era para que Sua Majestade pensasse qual seria o modo mais conveniente de ajudar seu filho.

A rainha respondeu que se a sua palavra real não estivesse no meio, encontraria a saída para labirinto tão fechado, mas que não romperia com ela e nem defraudaria as esperanças de Ricardo por nada no mundo. Esta resposta a camareira deu para seu filho, que, sem deter-se, ardendo de amor e de ciúmes, armou-se com todas as armas e sob um forte e bonito cavalo apresentou-se diante da casa de Clotaldo. Com altos gritos pediu que Ricardo se aproximasse da janela, quem àquela hora estava vestido de noivo e a ponto de ir ao palácio com o acompanhamento que tal ato requeria. Tendo ouvido os gritos, sabendo quem os dava e o modo como vinha, aproximou-se da janela um pouco sobressaltado. Quando Arnesto o viu, disse-lhe:

– Ricardo, fique atento ao que eu quero dizer-lhe: a rainha, minha senhora, mandou que você fosse servi-la e realizar façanhas que o fizessem merecedor da incomparável Isabela. Você foi e voltou com navios carregados de ouro, com os quais pensa tê-la comprado e merecido. Ainda que a rainha, minha senhora, tenha-lhe prometido Isabela, foi acreditando que não havia em sua corte ninguém que pudesse servi-la melhor do que você, nem quem com melhor título a merecesse e nisso pode ser que ela se tenha enganado. Chegando a esta conclusão, que eu tenho como verdade averiguada, digo que você nem fez coisas que o façam merecer Isabela, nem nenhuma poderá fazer que o recompense com tanto bem. E porque não a merece, se quer me contradizer, desafio-o a um duelo.

O conde calou e desta maneira lhe respondeu Ricardo:

– De nenhum modo posso aceitar seu desafio, senhor conde, porque confesso, não só que não mereço Isabela, mas que ninguém que vive hoje no mundo a merece. Assim que, respondendo ao que você diz, outra vez repito que não me cabe o desafio que propõe; mas o aceito pelo atrevimento que teve em me desafiar.

Com isto, afastou-se da janela e pediu, com pressa, suas armas. Seus parentes e todos aqueles que tinham vindo para acompanhá-lo até o palácio alvoroçaram-se. Entre as muitas pessoas que tinham visto o conde Arnesto armado e tinham-lhe ouvido os gritos de desafio, não faltou quem fosse contar à rainha, que mandou que o capitão de sua guarda fosse prendê-lo. O capitão saiu tão rápido que chegou no exato momento em que Ricardo saía de sua casa, armado com as armas que tinha desembarcado, montado em um bonito cavalo.

Quando o conde viu o capitão, imaginou logo a que vinha. Decidiu que não se deixaria prender e, levantando a voz contra Ricardo, disse:

– Você vê, Ricardo, o impedimento que se aproxima de nós. Se tiver vontade de duelar comigo, procure-me e, porque tenho vontade de duelar com você, o procurarei. Como dois que se procuram facilmente se acham, deixemos para então a execução de nosso desejo.

– Estou de acordo – respondeu Ricardo.

Nisto, chegou o capitão com toda a sua guarda e disse ao conde que estava preso em nome de Sua Majestade. O conde respondeu que se entregava, mas que não o levassem a outro lugar senão à presença da rainha. O capitão se contentou com isso e, colocando-o no meio da guarda, levou-o ao palácio diante da rainha. Ela já estava informada, por sua dama, do grande amor que seu filho tinha por Isabela e com lágrimas tinha-lhe suplicado que perdoasse seu filho que, por ser jovem e apaixonado, estava sujeito a maiores erros.

Arnesto chegou diante da rainha que, sem conversar com ele, mandou que lhe tirassem a espada e que o levassem preso a uma torre.

Todas estas coisas atormentavam os corações de Isabela e seus pais, que tão rápido viam agitar o mar de seu sossego. A camareira aconselhou a rainha que, para controlar o mal que poderia acontecer entre seus parentes e os de Ricardo, tirasse o motivo, que era Isabela, do meio do caminho, enviando-a para a Espanha. Assim, acabaria o motivo das brigas que temiam. Acrescentou a estas razões o fato de Isabela ser católica e tão cristã que nenhuma de suas persuasões, que foram muitas, tinham-na feito mudar em nada seu catolicismo. Ao que respondeu a rainha que por isso a estimava mais, pois tão bem sabia guardar a lei que seus pais lhe tinham ensinado, que de enviá-la à Espanha, nem se falasse, porque sua bela presença e suas muitas graças e virtudes a alegravam muito, e que sem dúvida, senão naquele dia, em outro a daria por esposa a Ricardo, como lhe tinha prometido.

A camareira ficou tão desconsolada com esta decisão da rainha que não lhe replicou nenhuma palavra. Parecendo-lhe o que já tinha parecido, que se não fosse tirando Isabela do meio do caminho, não seria possível abrandar a rigorosa situação de seu filho, nem que chegasse a ter paz com Ricardo, decidiu fazer uma das maiores crueldades que jamais coube no pensamento de uma mulher nobre como era ela. E sua decisão foi a de matar Isabela com veneno. Como é condição das mulheres serem rápidas e determinadas, naquela mesma tarde envenenou Isabela com uma conserva que lhe deu, forçando que a comesse porque era boa para as ânsias do coração que sentia.

Pouco tempo depois de Isabela ter comido a conserva começaram-lhe a inchar a língua e a garganta, a escurecer-lhe os lábios, a enrouquecer-lhe a voz, a agitar-lhe os olhos e a oprimir-lhe o peito: conhecidos sinais de envenenamento. As damas foram até a rainha contando-lhe o que acontecia e certificando-lhe que a camareira tinha feito aquele mal. Não foi preciso muito para que a rainha acreditasse e, assim, foi ver Isabela, que já estava quase morta. A rainha mandou que chamassem rápido seus médicos e, enquanto não chegavam, fez com que lhe dessem uma grande quantidade de pó de unicórnio junto com outros muitos antídotos que os grandes príncipes costumam ter, prevenidos em caso de necessidades semelhantes. Chegaram os médicos, reforçaram os remédios e pediram que a rainha fizesse com que a camareira dissesse que gênero de veneno tinha dado a Isabela, porque não havia dúvida de que outra pessoa a tivesse envenenado. Ela o revelou e com isto os médicos aplicaram tantos e tão eficazes remédios que com eles e com a ajuda de Deus Isabela ficou com vida, ou ao menos com a esperança de tê-la.

A rainha mandou prender sua camareira em um pequeno aposento do palácio, com a intenção de castigá-la como merecia seu delito. Ela se desculpava dizendo que matando Isabela, fazia um sacrifício ao céu, tirando da terra uma católica e, com ela, causa das disputas de seu filho.

Assim que Ricardo ouviu estas tristes notícias ficou a ponto de perder o juízo, tais eram as coisas que fazia e as lamuriosas razões com que se queixava. Isabela não perdeu a vida, mas ao ficar com ela, a natureza deixou-a sem sobrancelhas, cílios e cabelos; com o rosto inchado, a tez perdida, a pele levantada e os olhos lacrimosos. Ficou tão feia que, se até aquele dia parecia um milagre de beleza, agora parecia um monstro de feiúra. Os que a conheciam achavam que pior desgraça era ter ficado daquele jeito que ter morrido com o veneno. Apesar de tudo isso, Ricardo a pediu para a rainha e suplicou que a deixasse levar para a sua casa, porque o amor que por ela sentia passava do corpo à alma e que se Isabela tinha perdido a beleza, não podia ter perdido suas infinitas virtudes.

– É certo – disse a rainha – leve-a Ricardo e faça de conta que leva uma riquíssima joia guardada em uma tosca caixa de madeira. Deus sabe que queria dá-la como você a entregou, mas, como não é possível, perdoe-me. Quem sabe o castigo que eu der a quem cometeu tal delito satisfaça um pouco seu desejo de vingança.

Ricardo disse muitas coisas à rainha desculpando a camareira e suplicando que a perdoasse. As desculpas que dava eram tantas que eram suficientes para perdoar maiores insultos. Finalmente lhe entregaram Isabela e seus pais e Ricardo levou-os para sua casa, digo, para a casa de seus pais. Às ricas pérolas e ao diamante, a rainha adicionou outras joias e outros vestidos, que revelaram o grande amor que tinha por Isabela. Dois meses continuou Isabela em sua feiúra, sem dar nenhum indício de recuperar sua primeira beleza, mas, depois desse tempo, começou a cair-lhe a pele e a revelar-se sua bela tez.

Neste tempo, os pais de Ricardo, achando impossível que Isabela voltasse a ser o que era, decidiram mandar buscar a donzela da Escócia, com quem, antes de Isabela, tinham acordado o casamento de Ricardo. Fizeram isso sem que ele soubesse, não duvidando que a beleza presente da nova esposa o fizesse esquecer a já passada de Isabela, a quem pensavam mandar para a Espanha com seus pais, dando-lhes tantas coisas e dinheiro, que recompensariam suas perdas passadas. Não passou nem um mês e meio quando, sem que Ricardo soubesse, a nova esposa entrou pela porta, acompanhada como devia, e tão bonita que, depois de como Isabela costumava ser, não havia outra tão bela em Londres inteira. Ricardo sobressaltou-se com a imprevista visão da donzela e temeu que o sobressalto de sua vinda pudesse acabar com a vida de Isabela. Assim, para acalmar este temor, foi ao leito onde estava e encontrou-a na companhia de seus pais, a quem disse:

– Isabela de minha alma: meus pais, com o grande amor que me têm, e sem saber o muito amor que tenho por você, trouxeram para casa uma donzela escocesa, com quem tinham acordado meu casamento antes que eu conhecesse o quanto você vale. Fizeram isso, acredito, com a intenção de que a grande beleza desta donzela apague a sua, que em minha alma tenho guardada. Eu, Isabela, desde o momento em que a quis, foi com outro amor que o que tem seu fim e destino no cumprimento do sexual apetite. Apesar de a sua beleza corporal ter-me cativado os sentidos, suas virtudes aprisionaram-me a alma, de modo que, se bonita a quis, feia a adoro. Para confirmar que isso é verdade, dê-me essa mão.

E dando-lhe a mão direita e recebendo-a com a sua, prosseguiu dizendo:

– Pela fé católica que meus cristãos pais me ensinaram, que se não está na integridade que se requer, juro por aquela que guarda o Pontífice romano, que é a que em meu coração confesso, creio e tenho, e pelo verdadeiro Deus que está nos ouvindo, lhe prometo – ó Isabela, metade de minha alma! – ser seu esposo, e o sou se você quiser me dar a honra de ser seu.

Isabela ficou surpresa com as palavras de Ricardo e seus pais, atônitos e pasmos. Ela não soube o que dizer, nem fez outra coisa senão beijar muitas vezes a mão de Ricardo e dizer, com voz entre lágrimas, que ela o aceitava por seu e entregava-se como sua escrava. Ricardo beijou-a no rosto feio, não tendo tido jamais o atrevimento de aproximar-se dele quando era bonito.

Os pais de Isabela solenizaram as festas do casório com muitas e ternas lágrimas. Ricardo disse-lhes que adiaria o casamento com a escocesa, de um jeito que depois resolveriam; e que quando seu pai quisesse enviá-los à Espanha, não recusassem, mas que fossem e o esperassem em Cádiz ou em Sevilha por dois anos, dentro dos quais lhes dava sua palavra de encontrar com eles, se o céu lhe concedesse tanto tempo de vida, e que, se deste tempo passasse, tivessem certeza de que algum grande impedimento, ou a morte, que era o mais certo, tinha se interposto em seu caminho.

Isabela respondeu que não apenas dois anos, mas todos os de sua vida o esperaria até ser informada que ele não a queria, porque no momento que soubesse disso, seria o mesmo que morrer. Com estas ternas palavras, todos voltaram a chorar. Ricardo saiu para dizer a seus pais que não se casaria nem daria a mão à sua esposa escocesa antes de ir a Roma fazer seu exame de consciência. Tantos argumentos deu a seus pais e aos parentes que tinham vindo com Clisterna, que assim se chamava a escocesa, que, como todos eram católicos, acreditaram facilmente. Clisterna aceitou ficar na casa de seu sogro até que Ricardo voltasse e este disse que o faria no prazo de um ano.

Com tudo isto colocado e acertado, Clotaldo disse a Ricardo como pensava mandar Isabela e seus pais para a Espanha se a rainha o autorizasse. Quem sabe os ares da pátria acelerariam e facilitariam a melhora que Isabela começava a ter. Ricardo, para não dar mostras de seus desígnios, respondeu mansamente a seu pai dizendo que fizesse o que melhor lhe parecesse, mas suplicou-lhe que não tirasse nenhuma das riquezas que a rainha tinha dado a Isabela. Prometeu-o Clotaldo e naquele mesmo dia foi pedir permissão para a rainha para casar seu filho com Clisterna e mandar Isabela e seus pais à Espanha. A rainha considerou acertada a decisão de Clotaldo e alegrou-se com tudo. E também naquele dia, sem acordo de advogados e sem colocar sua camareira em juízo, condenou-a a não servir mais em seu ofício e a pagar dez mil escudos de ouro a Isabela. Ao conde Arnesto, pelo desafio, desterrou-o da Inglaterra por seis anos. Não passaram nem quatro dias e Arnesto já estava a ponto de sair para seu desterro e com o dinheiro para pagar o que tinha sido estipulado. A rainha chamou um comerciante rico, que morava em Londres, mas era francês, e que tinha correspondentes na banca da França, da Itália e da Espanha, entregou-lhe os dez mil escudos e pediu-lhe letras de câmbio para que fossem entregues ao pai de Isabela em Sevilha ou em outra praia da Espanha. O comerciante disse à rainha que outro comerciante francês, seu sócio, as entregaria em Sevilha certas e resgatáveis da seguinte maneira: ele escreveria para Paris para que ali outro sócio emitisse as letras de câmbio, para que aparecessem as datas da França e não as da Inglaterra, por causa das diferenças legais na emissão de títulos e impostos entre os dois reinos, e que bastava levar uma carta de aviso sua sem data, com suas indicações, para que o comerciante de Sevilha entregasse o dinheiro, pois já teria sido notificado pelo de Paris.

Resumidamente, a rainha assegurou-se de tal maneira da idoneidade do comerciante que não duvidou ser certa sua partida. Não contente com isso, mandou chamar o comandante de um barco flamenco, que estava para partir no dia seguinte para a França, somente para atracar em algum porto e registrar sua saída desde ali, e não da Inglaterra, para poder entrar na Espanha, a quem pediu encarecidamente que levasse em seu barco Isabela e seus pais e que com toda a segurança e bom trato os deixasse no primeiro porto que encontrasse na Espanha.

O comandante, que desejava contentar a rainha, disse que o faria e que os deixaria em Lisboa, Cádiz ou Sevilha. Tomada, então, a palavra do comerciante, a rainha enviou-o para que dissesse a Clotaldo que deixasse com Isabela tudo o que ela lhe tinha dado, joias e vestidos inclusive. No dia seguinte, Isabela e seus pais foram despedir-se da rainha, que os recebeu com muito amor. A rainha lhes entregou as letras de câmbio do comerciante e outros muitos bens, entre dinheiro e outras coisas de presente para a viagem. Com tantas palavras lhe agradeceu Isabela, que de novo deixou a rainha obrigada a fazer-lhe novos favores. Despediu-se das damas, que, como estava feia, não queriam que ela partisse, livres da inveja que sua beleza lhes causava e felizes de gozar sua amizade e prudência. A rainha abraçou os três e encomendou-os à boa ventura e ao dono do barco. Pediu que Isabela avisasse de sua boa chegada à Espanha, e sempre de sua saúde, por via do comerciante francês. Despediu-se de Isabela e seus pais que naquela mesma tarde embarcaram, não sem as lágrimas de Clotaldo e sua mulher e de todos os de sua casa, por quem Isabela era extremamente querida. Ricardo não estava presente nessa despedida porque para não dar mostras de seus ternos sentimentos fez com que aquele dia uns amigos o levassem à caça. Os presentes que a senhora Catalina deu para a viagem de Isabela foram muitos; os abraços, infinitos; as lágrimas, em abundância; os pedidos de que lhe escrevesse, incontáveis. Os agradecimentos de Isabela e seus pais corresponderam a todas estas demonstrações e, ainda que chorando, deixaram-nos satisfeitos.

Içaram vela naquela noite e chegaram à França com vento próspero. Fazendo ali todas as coisas que eram necessárias para entrar na Espanha, trinta dias depois, entraram em Cádiz, onde desembarcaram Isabela e seus pais. Sendo conhecidos de todos os habitantes da cidade, foram recebidos com demonstrações de grande alegria. Receberam mil felicitações pelo encontro de Isabela e pela liberdade conseguida, tanto dos mouros que os tinham aprisionado (sabiam de todo o acontecimento pelos cativos libertos pela bondade de Ricardo), como a que tinham alcançado dos ingleses.

Neste tempo, Isabela já dava mostras de recuperar sua primeira beleza. Estiveram pouco menos de um mês em Cádiz, deixando o barco pronto para voltar a navegar. Depois foram para Sevilha para ver se conseguiam receber os dez mil ducados correspondentes às letras de câmbio expedidas pelo comerciante francês. Dois dias depois de chegar a Sevilha, o procuraram, encontraram-no e deram-lhe a carta do comerciante francês da cidade de Londres. Ele a reconheceu e disse que até que não lhe chegassem de Paris as letras de câmbio e as cartas de aviso, não poderia entregar o dinheiro, mas que esperava fazê-lo em breve.

Os pais de Isabela alugaram uma casa térrea, na frente do Mosteiro de Santa Paula, porque naquele santo lugar estava uma monja com uma voz inigualável que era sobrinha deles. Fizeram-no para ficar perto dela e porque Isabela tinha dito a Ricardo que se fosse procurá-la, a encontraria em Sevilha. Disse que procurasse sua prima, a monja de Santa Paula, e que para reconhecê-la não seria preciso mais que perguntar pela monja que tinha a melhor voz do convento – porque ninguém esqueceria esta característica – e que ela lhe diria onde estava morando. Os avisos de Paris demoraram em chegar outros quarenta dias. Dois dias depois que chegaram, o comerciante francês entregou os dez mil ducados a Isabela e ela, a seus pais. Com eles, e com um dinheiro a mais que juntou vendendo algumas das muitas joias de Isabela, seu pai voltou a exercer o ofício de comerciante, não sem a admiração dos que conheciam suas grandes perdas.

Enfim, em poucos meses foi restaurando seu crédito perdido e Isabela recuperou sua beleza que voltou a ser como antes. De modo que, falando de belezas, todos davam os louros à *espanhola inglesa* que era conhecida por toda a cidade tanto por este apelido, como por sua beleza. Por ordem do comerciante francês de Sevilha, Isabela e seus pais escreveram para a rainha contando sobre sua chegada, com os agradecimentos e honras que mereciam todos os favores dela recebidos. Também escreveram a Clotaldo e à sua senhora Catalina, Isabela chamando-os de pais, e seus pais, de senhores. Não tiveram resposta da rainha, mas sim de Clotaldo e sua mulher, que os parabenizaram por ter chegado a salvo e contavam que seu filho Ricardo, no dia seguinte em que içaram vela, tinha partido para a França e dali a outros lugares, para fazer seu exame de consciência. Adicionaram a estas razões outras e coisas de muito amor e oferecimento. Responderam a carta com outra não menos cortês, amorosa e agradecida.

Isabela logo imaginou que ao ter deixado a Inglaterra, Ricardo iria procurá-la na Espanha e, alentada com esta esperança, era feliz e vivia de maneira que, quando Ricardo chegasse a Sevilha, antes alcançasse seus ouvidos a fama de suas virtudes que a localização de sua casa. Poucas vezes ou nenhuma saía de sua casa, a não ser para o mosteiro e não recebia outras indulgências que as que no mosteiro se davam. Em sua casa ou em seu oratório andava com o pensamento na sexta-feira da Quaresma, na Santíssima Estação da Cruz e nos sete dons do Espírito Santo. Nunca visitou o rio, nem passou por Triana, nem viu o regozijo de todos no campo de Tablada e na porta de Jerez no dia de São Sebastião, celebrado por um número incontável de pessoas. Resumidamente, não viu regozijo público nem nenhuma outra festa em Sevilha:

mantinha-se em seu recolhimento, em suas orações e nos bons desejos esperando Ricardo. Seu grande recolhimento tinha acendido e abrasado os desejos, não só dos *bon vivants* do bairro, mas de todos que alguma vez a tinham visto: por causa disso, em sua rua, nasceram músicas de noite e corridas de dia. Desde não deixar-se ser vista e o desejo de muitos de vê-la cresceu a picardia de terceiras que se diziam primas e únicas a tratar com Isabela. Também não faltou quem quisesse aproveitar-se do que chamam feitiços, que não são mais que embustes e disparates. Mesmo com tudo isso Isabela permanecia como pedra na metade do mar, que é tocada, mas não a movem nem as ondas, nem os ventos.

Já tinha passado um ano e meio quando a esperança próxima, dos dois anos prometidos por Ricardo, começou a cansar o coração de Isabela. Quando parecia que seu esposo já chegava, que o tinha diante de seus olhos, que perguntava que impedimentos o tinham detido tanto, quando já chegavam a seus ouvidos as desculpas de seu esposo, quando ela o perdoava e abraçava-o e com a metade de sua alma recebia-o, chegou a suas mãos uma carta da senhora Catalina, datada em Londres cinquenta dias antes. Estava escrita em língua inglesa, mas lendo-a em espanhol, viu que assim dizia:

"Filha da minha alma: você bem conheceu Guilharte, o criado de Ricardo. Ele acompanhou Ricardo na viagem, que lhe contei na outra carta, para a França e outros lugares, dois dias depois de sua partida. Pois este mesmo Guilharte, dezesseis meses sem ter notícia de meu filho, entrou ontem por nossa porta com novas de que o conde Arnesto matou Ricardo na França. Pense, filha, como ficamos seu pai, eu e sua esposa com esta notícia. O que Clotaldo e eu lhe rogamos outra vez, filha de minha alma, é que encomende verdadeiramente Ricardo a Deus, que bem o merece este benefício o que tanto a amou como bem sabes. Também peça a Nosso Senhor que nos dê paciência e boa morte, a quem nós também pediremos e suplicaremos que dê muitos anos de vida a você e a seus pais".

Pela letra e pela assinatura, Isabela não tinha como duvidar da morte de seu esposo. Conhecia muito bem o criado Guilharte e sabia que era sincero e que não teria por que mentir aquela morte. Muito menos sua mãe, a senhora Catalina, teria mentido, enviando-lhe novas de tanta tristeza. Finalmente, nenhum discurso que fez, nenhuma coisa que imaginou, pôde tirar-lhe do pensamento ser verdadeira sua desventura.

Terminando de ler a carta, sem derramar uma lágrima nem dar sinais de um sentimento doloroso, com pacífico semblante e, ao parecer, com peito sossegado, levantou-se de uma cadeira onde estava sentada e entrou em um oratório. Ajoelhando-se diante da imagem de um devoto crucifixo, fez o voto de ser monja, pois podia sê-lo como viúva. Seus pais dissimularam com discrição o pesar que lhes dava a triste notícia, para poder consolar Isabela na amargura que sentia. Isabela, quase como satisfeita por sua dor, moderada pela santa e cristã decisão que havia tomado, consolava seus pais a quem revelou seu desejo. Aconselharam-na que não o pusesse em execução até que se cumprissem os dois anos que Ricardo havia determinado para sua chegada, que com isto se confirmaria verdadeiramente sua morte e ela, com mais segurança, podia mudar de estado. Assim fez Isabela e durante os seis meses e meio que restavam para cumprirem-se os dois anos, passou fazendo exercícios religiosos e organizando sua entrada no mosteiro. Tinha escolhido o de Paula, onde estava sua prima.

Passaram-se os dois anos e chegou o dia de tomar o hábito. A novidade espalhou-se por toda a cidade e o mosteiro e a pouca distância que o separava da casa de Isabela ficaram cheios com os que conheciam Isabela de vista e com aqueles que a conheciam somente por sua fama. Tendo convidado seu pai a seus amigos e estes a outros, fizeram para Isabela um dos mais honrados cortejos, que se tinham visto em Sevilha. Estavam presentes o assistente, o Juiz Diocesano e o vigário do Arcebispo e todas as senhoras e senhores nobres da cidade: tal era o desejo que todos tinham de ver o sol da beleza de Isabela, que tantos meses tinha-lhes estado eclipsado. Como é costume que as donzelas que vão tomar o hábito estejam o mais bem arrumadas e bonitas possível, como quem naquele momento mostra toda a sua vaidade para desfazer-se dela, Isabela quis ir o mais arrumada possível e, assim, vestiu-se com o mesmo vestido que utilizou para ver a rainha da Inglaterra; já foi dito quão rico e vistoso era. Saíram à luz as pérolas e o famoso diamante, com o colar e a pulseira, que também valiam muito.

Com este adorno e com sua beleza Isabela saiu de sua casa a pé, porque ao estar tão perto do mosteiro não quis carros e carroças, possibilitando que todos pudessem louvar a Deus por ela. Era tanta gente que sentiram que não entrasse nos carros, já que não conseguiam chegar até o mosteiro. Uns bendiziam seus pais; outros ao céu, que tanta beleza lhe tinha dado; uns se esticavam para vê-la; outros, tendo-a visto uma vez, corriam para frente para vê-la de novo. O que mais atento mostrou-se nisso tudo, tanto que chamou a atenção de muitos, foi um homem vestido com o hábito dos que são resgatados do cativeiro, com uma insígnia da Trindade no peito, em sinal de que foi resgatado pelos redentores da ordem da Trindade. Esse prisioneiro, quando viu que Isabela tinha um pé dentro da portaria do convento, onde, como é costume, tinham saído para recebê-la a priora e as monjas com a cruz, com fortes gritos, disse:

– Detenha-se, Isabela, detenha-se! Porque enquanto eu for vivo você não pode ser religiosa.

Com estes gritos, Isabela e seus pais olharam para trás e viram que abrindo passo entre toda aquela gente, na direção deles vinha aquele prisioneiro. Tendo-lhe caído a boina azul que usava, revelou uma confusa cabeleira de ouro encaracolada, um rosto como o carmim e como a neve, ruborizado e branco, sinais que demonstraram a todos que era estrangeiro. Com efeito, caindo e levantando, chegou onde estava Isabela e tomando-a pela mão, disse-lhe:

– Conhece-me, Isabela? Olhe-me que sou eu, Ricardo, seu esposo.

– Sim, conheço – disse Isabela – se já não é um fantasma que vem incomodar meu repouso.

Seus pais deram-lhe a mão, olharam-no atentamente e reconheceram que Ricardo era o prisioneiro. Ele, com muitas lágrimas nos olhos, ajoelhando-se diante de Isabela, suplicou-lhe que a estranheza de seu traje não impedisse seu bom conhecimento, nem que sua pouca sorte atrapalhasse a palavra que entre os dois se tinham dado. Isabela, apesar da impressão que a carta da mãe de Ricardo, contando-lhe de sua morte, tinha-lhe causado à memória, quis dar crédito a seus olhos e à verdade que tinha presente. Assim, abraçando-se com o prisioneiro, disse-lhe:

– Você, sem dúvida, meu senhor, é o único que pode deter minha cristã determinação. Você, senhor, é sem dúvida, a metade de minha alma, pois é meu verdadeiro esposo, estampado o tenho em minha memória e guardado em minha alma. As novas de sua morte me escreveu minha senhora e sua mãe, já que não me tiraram a vida, fizeram-me escolher a da religião e neste momento queria entrar e viver nela. Mas, Deus com tão justo impedimento demonstra querer outra coisa e não podemos nem é conveniente que de minha parte impeça a Sua vontade. Venha, senhor, à casa de meus pais, que é sua, e ali me entregarei pelos termos que pede nossa santa fé católica.

Tudo isso escutaram os circundantes, o assistente, o vigário e o juiz. Admiraram-se e quiseram logo saber que história era aquela, que estrangeiro era aquele e de que casamento tratavam. A tudo isto respondeu o pai de Isabela dizendo que aquela história pedia outro lugar e momento para ser contada. E assim, suplicou a todos aqueles que quisessem conhecê-la que dessem a volta até a sua casa, que estava tão perto, que ali a contaria de modo que com a verdade ficassem satisfeitos e admirados com a grandeza e estranheza daquele acontecimento. Nisto, um dos presentes levantou a voz dizendo:

– Senhores, este rapaz é um grande corsário inglês, eu o conheço. É aquele que há pouco mais de dois anos tomou dos corsários de Argel o navio de Portugal que vinha das Índias. Não tenho dúvida de que é ele, porque eu o conheço, porque me deu liberdade e dinheiro para vir à Espanha e não só a mim, mas a outros trezentos prisioneiros.

Com estas palavras todos se alvoroçaram e aumentou o desejo que tinham de conhecer claramente tudo aquilo. Finalmente, as pessoas mais poderosas, como o assistente e os senhores eclesiásticos, acompanharam Isabela até sua casa, deixando as monjas tristes, confusas e chorando pelo que perdiam em não ter em sua companhia a bela Isabela, que, estando em sua casa, fez com que os senhores se sentassem em uma grande sala. Ainda que Ricardo quisesse começar a contar sua história, pareceu-lhe melhor confiar na língua e na discrição de Isabela, e não na sua, porque não sabia falar muito bem a língua castelhana.

Calaram-se todos os presentes e tendo as almas atentas às considerações de Isabela, ela começou seu conto que eu reduzo a que disse tudo aquilo que, desde o dia que Clotaldo roubou-a de Cádiz, até o que entrou e voltou a ela, lhe tinha acontecido, contando também a batalha que Ricardo tinha enfrentado com os turcos, a generosidade que tinha demonstrado com os cristãos, a palavra que entre eles se tinham dado de ser marido e mulher; a promessa de dois anos; as notícias que tinha recebido de sua morte, tão certas ao seu parecer que a tinham feito decidir ser religiosa. Engrandeceu a generosidade da rainha, a cristandade de Ricardo e de seus pais e terminou dizendo que Ricardo contasse o que tinha acontecido depois que saiu de Londres até o momento presente, no qual o viam com hábito de prisioneiro e com sinais de ter sido resgatado com esmola.

– Isso mesmo – disse Ricardo – e em breves palavras resumirei meus imensos trabalhos:

"Depois que saí de Londres, para fugir do casamento que não podia realizar com Clisterna, aquela donzela escocesa católica com quem, como disse Isabela, meus pais queriam que eu casasse, levando Guilharte comigo, aquele criado que minha mãe escreveu dizendo que levou a Londres a notícia de minha morte, atravessando a França, cheguei a Roma, onde se alegrou minha alma e fortaleceu-se minha fé. Beijei os pés do Sumo Pontífice, confessei meus pecados com o maior penitente, absolveu-me e deu-me os documentos necessários para certificar a minha confissão e penitência e da contribuição que tinha feito para a nossa mãe universal, a Igreja. Feito isso, visitei os inumeráveis lugares santos que há naquela cidade santa. Dos dois mil escudos de ouro que tinha, dei mil e seiscentos em uma promissória, que me descontou um tal Roque Florentin. Com os quatrocentos escudos que me sobraram, com a intenção de vir para a Espanha, fui a Gênova, onde sabia que havia dois barcos de partida para cá.

Cheguei com Guilharte, meu criado, a um lugar chamado Aquapendente que, indo de Roma a Florença, é o último pertencente ao Papa. Em uma hospedaria, ou pousada, onde parei, encontrei o conde Arnesto, meu inimigo mortal, que disfarçado e com quatro criados, mais por curioso, que por católico, entendo eu, tinha ido a Roma. Achei que não tivesse me reconhecido. Fechei-me em um quarto com meu criado e determinei-me a mudar para outra pousada quando fechasse a noite. Não fiz isso, porque o grande descuido que pensei que tivesse o conde e seus criados assegurou-me que não me tinham reconhecido. Jantei em meu quarto, fechei a porta, dispus minha espada, encomendei-me a Deus e não quis me deitar. Meu criado dormiu e eu, sentado em uma cadeira, fiquei meio dormindo. Pouco depois da meia noite, acordaram-me, para fazerme dormir o sono eterno, quatro pistoletes que, como soube depois, dispararam contra mim o conde e seus criados. Crendo que estava morto, tinham preparado os cavalos e fugiram, dizendo a um hóspede da pousada que me enterrasse porque era um homem nobre. E foram-se.

Meu criado, segundo o que me contou depois o hóspede,

acordou com o barulho e, com medo, jogou-se por uma janela que dava a um pátio. Dizendo "desventurado de mim, mataram meu senhor!", saiu da hospedaria com tanto medo que não deve ter parado até chegar em Londres, pois foi ele quem levou a notícia de minha morte. Os donos da hospedaria subiram e encontraram-me atravessado por quatro balas e com muitos furos, mas todos superficiais porque nenhuma ferida foi letal. Pedi a confissão e todos os sacramentos como católico cristão, deram-me e curei-me, mas não estive bom para continuar meu caminho antes de passados dois meses, depois dos quais fui a Gênova, onde não encontrei outra passagem que em dois barcos a vela que dois nobres espanhóis e eu fretamos: um para que fosse na frente, abrindo caminho, e outro para que fôssemos nós.

Com esta segurança embarcamos, navegando terra a terra com intenção de não entrar mar adentro. Chegando a uma paragem que chamam as Três Marias, que está na costa da França, indo nosso primeiro barco abrindo caminho, de repente apareceram duas galetas turcas; cercaram-nos, uma pelo mar e outra pela terra. Quando íamos investir contra elas, cortaram-nos caminho e fizeram-nos prisioneiros. Entrando na galeta, desnudaram-nos até deixar-nos sem nada. Despojaram os barcos a vela e deixaram que atracassem na terra sem afundá-los dizendo que serviriam depois para trazer outra *galima*, que assim chamam os despojos que tomam dos cristãos. Podem acreditar se digo que senti na alma meu cativeiro e sobretudo a perda do arrecadado em Roma, que levava em uma caixa de metal, com a cédula dos mil e seiscentos ducados, mas a boa sorte quis que caísse nas mãos de um prisioneiro espanhol cristão, que a guardou, porque se ficasse no poder dos turcos, tinha que pagar meu resgate com o que estava escrito na cédula, que eles averiguaram quanto era.

Levaram-nos para Argel, onde estavam resgatando os padres da Santíssima Trindade. Falei com eles, contei-lhes quem era e, movidos pela caridade, mesmo eu sendo estrangeiro, resgataram-me desta forma: deram por mim trezentos ducados, os cem imediatamente e os duzentos quanto voltasse o barco da esmola resgatando o padre da redenção, que tinha ficado em Argel empenhado por quatro mil ducados gastos a mais do que traziam. A toda esta misericórdia e generosidade se estende a caridade destes padres, que dão sua liberdade pela alheia e ficam prisioneiros para resgatar os prisioneiros. Como acréscimo do bem que alcançava com minha liberdade, encontrei a caixa perdida com o arrecadado e a cédula. Mostrei-a ao bendito padre que me tinha resgatado e ofereci a ele mais quinhentos ducados por meu resgate, para recompensar seu favor.

O barco da esmola demorou quase um ano para voltar. O que me aconteceu neste ano, para contar agora, seria uma nova história. Direi somente que fui reconhecido por um dos vinte turcos a quem dei liberdade com os demais cristãos já referidos. Foi tão agradecido e tão bom que não revelou quem eu era, porque se os turcos me reconhecessem como aquele que tinha levado a pique os seus dois barcos e tirado de suas mãos o grande navio da Índia, ou me apresentariam ao Grande Turco, o que significaria ficar prisioneiro a vida toda, ou me tirariam a vida. Finalmente, o padre redentor veio à Espanha comigo e com outros cinquenta cristãos resgatados. Em Valência fizemos a procissão geral e, dali, cada um partiu para onde quis, com as insígnias de sua liberdade, que são esses habitozinhos. Hoje cheguei a essa cidade desejando tanto ver Isabela, minha esposa, que, sem me deter em outra coisa, perguntei por esse mosteiro, onde me dariam notícias de minha esposa. O que nele me aconteceu, já se viu. O que fica por ver são estes guardados para que se possa ter por verdadeira minha história, que tem tanto de milagrosa, como de verdadeira".

Assim que disse isto, tirou da caixa de metal os guardados que dizia e colocou-os na mão do juiz, que os viu junto com o senhor assistente e não achou neles nada que causasse dúvida da verda de que Ricardo tinha contado. E para maior confirmação dela, ordenou o céu que estivesse presente o comerciante Florentin, que receberia a cédula de mil e seiscentos ducados. Pediu que lhe mostrassem a cédula e mostrando-a, reconheceu-a e aceitou-a, porque ele há muitos meses tinha aviso dessa partida. Tudo isso aumentou a admiração e o espanto de todos. Ricardo disse que oferecia os quinhentos ducados que tinha prometido de novo. O assistente abraçou Ricardo, os pais de Isabela e ela, dispondo-se a todos com argumentos muito corteses. O mesmo fizeram os dois senhores eclesiásticos e rogaram que Isabela registrasse por escrito toda aquela história, para que a lesse o senhor arcebispo e ela prometeu que o faria.

O grande silêncio que todos os circundantes tinham feito, escutando o estranho caso, rompeu-se com louvores a Deus por suas grandes maravilhas. Felicitando-os, desde o mais velho, até o mais novo, deixaram Isabela, Ricardo e seus pais e eles suplicaram ao assistente que fizesse o casamento que pensavam realizar dali a oito dias. O assistente se alegrou em fazê-lo e, dali a oito dias, acompanhado dos mais importantes da cidade, estava no casamento.

Por estes rodeios e por estas circunstâncias, os pais de Isabela recuperaram sua filha e reouveram sua fazenda. Ela, favorecida pelo céu e ajudada por suas muitas virtudes, apesar de tantos inconvenientes, encontrou marido tão nobre como Ricardo, em cuja companhia acredita-se que viva ainda hoje nas casas que alugaram em frente de Santa Paula, que depois compraram dos herdeiros de um fidalgo de Burgos que se chamava Fernando de Cifontes.

Esta novela pode nos ensinar o quanto alcança a virtude e a beleza, pois são muita coisa juntas e cada uma por si, a de apaixonar até os inimigos e de como o céu sabe tirar, de nossas maiores adversidades, nossos maiores proveitos.

A Senhora Cornélia

Dom Antônio de Isunça e Dom João de Gamboa, nobres cavaleiros, jovens, discretos e grandes amigos, eram estudantes em Salamanca. Guiados pelo fervor do sangue jovem, decidiram abandonar os estudos e ir para Flandres, como se costuma dizer, para conhecer o mundo. Também porque lhes parecia que o exercício das armas, ainda que pudesse ser exercido por todos, cabia e bem dizia aos bem nascidos de sangue nobre.

Chegaram a Flandres em tempos de paz ou em tratos para alcançá-la. Em Antuérpia receberam cartas de seus pais, que escreviam sobre o grande pesar que lhes tinha causado terem abandonado os estudos sem avisá-los. Finalmente, conhecendo o pesar de seus pais, decidiram voltar à Espanha, pois não tinham o que fazer em Flandres. Antes de voltar, no entanto, quiseram conhecer todas as famosas cidades da Itália. Tendo visto todas, pararam em Bolonha. Admirados com os estudos daquela insigne Universidade, quiseram continuar ali os seus. Contaram a seus pais o desejo que tinham, e estes se alegraram infinitamente com a notícia. Demonstraram-no provendo-os magnificamente, de modo que com seu tratamento mostrassem quem eram e que pais tinham. Desde o primeiro dia de aulas, foram reconhecidos por todos como cavaleiros, nobres, discretos e bem criados.

Dom Antônio tinha vinte e quatro anos quanto muito e Dom Antônio não passava dos vinte e seis. Adornava esta bela idade serem cavaleiros, músicos, poetas, sagazes e valentes. Tudo isso os fazia bem queridos e amados por todos os que se relacionavam com eles.

Logo fizeram muitos amigos, tanto estudantes espanhóis, porque muitos cursavam naquela Universidade, quanto os da cidade e estrangeiros. Mostravam-se generosos e comedidos com todos, muito alheios à arrogância que costuma caracterizar os espanhóis. Como eram moços e alegres, gostavam de saber das belezas da cidade. Ainda que houvesse muitas senhoras, donzelas e casadas, com fama de ser honestas e belas, a todas avantajava a senhora Cornélia Bentiboli, da antiga e nobre família dos Bentibolis, que tinham sido senhores de Bolonha.

Cornélia era extremamente bela e estava sob a guarda e amparo de seu irmão, Lorenzo Bentiboli, honradíssimo e valente cavaleiro. Órfãos de pai e mãe, que os haviam deixado sós, mas ricos (a riqueza é grande alívio para a orfandade).

O recato de Cornélia e a determinação de seu irmão em protegê-la eram tamanhos, que nem ela se deixava ver, nem seu irmão consentia que a vissem. Esta fama fez com que Dom João e Dom Antônio desejassem vê-la, ainda que na igreja. Tudo o que fizeram para isso foi em vão, e o desejo, faca da esperança, dada a impossibilidade, minguou. E assim, só com o amor a seus estudos e às honestas diversões dos jovens, viviam uma vida alegre e honrada. Saíam poucas vezes à noite e, se saíam, iam juntos e bem armados.

Aconteceu que, numa noite, Dom Antônio disse a Dom João que saísse sozinho, porque queria fazer algumas orações por devoção e que, logo, o alcançaria.

– Não se preocupe – disse Dom João – eu o espero e também não tem problema se não sairmos esta noite.

– Não, por favor – replicou Dom Antônio – saia para tomar um ar e se for por onde costumamos ir, logo o encontrarei.

– Faça o que deseja – disse Dom João; – fique bem, e se sair, esta noite pararei nos mesmos lugares em que todas as passadas.

Foi-se Dom João, e ficou Dom Antônio. Eram onze horas, e a noite estava muito escura. Tendo andado duas ou três quadras, vendo-se sozinho e sem com quem falar, Dom João decidiu voltar para casa. Cumprindo o determinado, passou por uma rua que tinha os portais sustentados por mármores e escutou que lhe assobiavam desde uma porta. A escuridão da noite e a que causavam os portais não lhe permitiram identificar de onde vinha o assobio. Deteve-se um pouco, ficou atento e viu que se entreabria uma porta, aproximou-se dela e ouviu uma voz baixa que disse:

– Por acaso você é o Fábio?

Dom João, pelo sim ou pelo não, respondeu:

– Sim.

– Então tome – responderam dc dentro; – coloque-o em lugar seguro e volte logo, porque é importante.

Dom João esticou a mão e deu com um volume. Querendo pegá-lo, viu que era preciso usar as duas mãos e assim o fez. Mal tendo posto o embrulho nas mãos, fecharam a porta, e ele se viu na rua carregando alguma coisa que não sabia o quê. Quase em seguida começou a chorar uma criança, ao parecer recém-nascida, com cujo choro Dom João ficou confuso e perplexo, sem saber o que fazer e que fim dar àquele caso. Voltar a bater na porta, podia colocar em perigo sua vida; deixar a criança na porta, colocaria em perigo a vida dela. Se a levasse para casa, não tinha quem cuidasse dela, nem conhecia na cidade inteira alguém que pudesse cuidar dela. Mas como lhe tinham dito que a colocasse em um lugar seguro e que voltasse logo, decidiu levá-la para sua casa e deixá-la aos cuidados da criada que os servia e voltar para ver se seria útil em alguma outra coisa, já que tinha visto que o confundiram com outro e que, por engano, tinham-lhe entregue a criança.

Finalmente, sem fazer mais discursos, foi para casa com ela. Dom Antônio já não estava. Entrou em um dos aposentos e chamou a criada, descobriu a criança e viu que era a mais bonita que já tinha visto. Os panos que a envolviam demonstravam que era filha de pais ricos. A criada a desembrulhou e viram que era um menino.

– É preciso dar de mamar a este menino – disse Dom João – e há de ser desse jeito: criada, você deve desenrolá-lo destas ricas mantas e embrulhá-lo em outras mais simples. Sem dizer que fui eu quem o trouxe, leve-o à casa de uma parteira, que elas sempre sabem o que fazer e como solucionar semelhantes necessidades. Leve também uma quantidade de dinheiro que a deixe satisfeita. Para encobrir a verdade de eu tê-lo trazido, que ela lhe dê os pais que achar melhor.

A criada respondeu que faria tudo como ele tinha dito. Dom João, o mais rápido que pôde, voltou para ver se lhe assobiavam outra vez, mas antes de chegar até a casa onde o tinham chamado, ouviu um grande barulho de espadas, como se muitas pessoas se golpeassem. Esteve atento e não escutou nenhuma palavra, só se ouvia o barulho das espadas. À luz das centelhas que se formavam das pedras feridas pelas espadas, quase pôde ver que eram muitos os que acometiam a somente um. Confirmou esta verdade, ouvindo-o dizer:

– Ah traidores! Vocês são muitos, e eu sou um só! Mesmo com tudo isso, não lhes vai valer tamanha injúria.

Vendo e ouvindo tudo o que acontecia, Dom João, guiado por seu corajoso coração, pegou a espada e o broquel que trazia e com dois saltos, colocou-se ao lado do que se defendia. Disse-lhe, em língua italiana, para não ser reconhecido como espanhol:

– Não tema, que o socorro o alcançou e não lhe faltará até perder a vida. Mova estes punhos, porque traidores podem pouco, mesmo sendo muitos.

A estas palavras respondeu um dos contrários:

– Mente, porque aqui não há nenhum traidor. Querer cobrar a honra permite qualquer excesso.

Não falou mais nada porque a presa que os inimigos tinham em atacá-los não dava tempo para isso. A Dom João pareceu-lhe que eram seis. Atacaram tanto seu companheiro, que com as duas estocadas que lhe deram, no peito, deixaram-no caído. Dom João pensou que estava morto e, com rapidez e coragem raras, colocou-se diante de todos e os amedrontou com uma chuva de facadas e estocadas. Sua diligência de atacar e defender-se não seriam suficientes, se não o ajudasse a boa-sorte de que os vizinhos acendessem luzes nas janelas e gritassem chamando a justiça. Vendo isso, os contrários deixaram a rua e, dando as costas, foram embora.

Nisto, o caído já se tinha levantado, porque as estocadas bateram em uma armadura que parecia de diamante. Durante a briga, o chapéu de Dom João tinha caído e, procurando-o, encontrou outro e o colocou sem olhar se era ou não o seu. O caído se aproximou dele e lhe disse:

– Senhor cavaleiro, quem quer que seja, confesso que lhe devo a vida que tenho, a qual, com o que valho e posso, gastarei em seu serviço. Faça-me o favor de dizer quem é e seu nome, para que eu saiba a quem tenho que me mostrar agradecido.

Respondeu Dom João:

– Não quero ser descortês, mas sou desinteressado. Para fazer o que o senhor me pede e somente para dar-lhe esta satisfação, lhe digo que sou um cavaleiro espanhol e estudante nesta cidade. Se meu nome lhe interessa saber, lhe direi, se acaso precisar de mim para outra coisa, que me chamo Dom João de Gamboa.

– Você me deu uma enorme ajuda – respondeu o caído, mas eu, senhor Dom João de Gamboa, não quero dizer-lhe quem sou nem meu nome, porque vou gostar que o saiba por outro, e não por mim, e estarei atento que o façam sabedor.

Dom João lhe perguntou se estava ferido, porque tinha visto as duas grandes estocadas que tinha levado. Respondeu-lhe que, depois de Deus, uma famosa armadura que usava o tinha defendido, mas que, apesar de tudo isso, seus inimigos acabariam com ele se não estivesse de seu lado. Nisto, viram aproximar-se deles uma multidão de pessoas. Disse Dom João:

– Se são os inimigos que voltam, prepare-se, senhor, e mostre-lhes quem é.

– Pelo que eu vejo os que aqui chegam não são inimigos, mas amigos.

E era certo, porque os que chegaram, que eram oito homens,

rodearam o caído e falaram-lhe poucas palavras, tão baixo e em segredo que Dom João não conseguiu ouvir. Logo o defendido dirigiu-se a Dom João e disse:

– Dom João, se não chegassem estes amigos, de nenhum modo o deixaria ir sem que eu ficasse a salvo, mas agora eu lhe peço com todo o encarecimento que vá e me deixe, porque é importante.

Falando isso, colocou a mão na cabeça e se deu conta de que estava sem o chapéu. Dirigindo-se a um dos que tinham chegado, pediu que lhe dessem um chapéu, que o seu tinha caído. Terminando de dizer isto, Dom João colocou na cabeça do desconhecido o que antes tinha colocado na sua. O caído o tocou e o devolveu a Dom João dizendo:

– Este chapéu não é meu. Pela sua vida, leve-o como troféu desta batalha e guarde-o, porque acho que é muito conhecido.

Deram outro chapéu para o defendido, e Dom João, cumprindo com o que tinha pedido, saiu sem saber quem era. Foi para sua casa sem querer aproximar-se da porta onde lhe deram a criança, porque achou que todo o bairro estava acordado e alvoroçado com os acontecimentos.

Aconteceu, então, que voltando para casa, encontrou na metade do caminho a Dom Antônio de Isunça, seu amigo. Reconhecendo-se, Dom Antônio disse:

– Volte comigo, Dom João, e no caminho lhe contarei uma estranha história que me aconteceu, tenho certeza de que você não escutou nada igual em toda a sua vida.

– Como esta história, também posso lhe contar outra – respondeu Dom João, – mas vamos e me conte a sua história.

Dom Antônio o guiou e disse:

– Saí para encontrar você; pouco mais de uma hora depois que você tinha saído. Não tendo dado nem trinta passos, vi chegar, muito rápido, quase a meu encontro, um vulto negro. Aproximando-se, consegui reconhecer que era uma mulher, vestida com uma roupa larga, que com a voz interrompida por soluços e suspiros me disse: "Por acaso o senhor é estrangeiro nesta cidade?" "Sou estrangeiro e espanhol", respondi. E ela disse: "Graças aos céus por não deixar que eu morra sem os sacramentos". "Está ferida ou tem alguma doença mortal, senhora?", repliquei. "Poderia ser que o que levo lhe fosse se rápido não me dão remédio. Pela cortesia que sempre têm os de sua nação, lhe suplico, senhor espanhol, que me tire dessas ruas e me leve para sua casa o mais rápido que puder, que lá, se desejar, saberá o mal que levo e quem sou, ainda que seja pela minha palavra". Ouvindo isso, pareceu-me que ela realmente precisava do que pedia e, sem questioná-la mais, lhe dei a mão e a levei até em casa por ruas desviadas. O criado Santoestêvão me abriu a porta, fiz com que se retirasse e, sem que a visse, levei-a para meu quarto. Ela entrou e se jogou em cima da cama, desmaiada. Aproximei-me dela e lhe descobri o rosto, que tinha coberto com o manto, e vi nele a maior beleza que os olhos humanos já viram. A meu parecer tem dezoito anos de idade, antes menos do que mais. Fiquei perplexo ao ver beleza tão extrema. Joguei um pouco de água em seu rosto, o que a fez voltar a si suspirando ternamente. O primeiro que disse foi: "Me conhece, senhor?" "Não – respondi, – nunca tive a sorte de ter conhecido tanta beleza". "Infeliz daquela – respondeu ela – a quem o céu lhe dá a beleza por maior desgraça. Mas, senhor, não é tempo de exaltar belezas, mas de remediar infortúnios. Pelo que for, me deixe aqui fechada e não permita que ninguém me veja. Volte ao mesmo lugar onde me encontrou e veja se algumas pessoas brigam. Não favoreça a nenhum dos que brigam, mas convoque a paz, porque qualquer dano a uma das partes vai aumentar meu sofrimento." "Deixo-a fechada e vou levar paz nesta briga."

– Tem algo mais a dizer, Dom Antônio? – perguntou Dom João.

– Não lhe parece suficiente o que eu disse? – respondeu Dom Antônio. – Eu disse que tenho sob minha chave e em meu quarto a maior beleza que os olhos humanos já viram.

– Sem dúvida é um caso estranho – disse Dom João, – mas escute o meu.

E então contou tudo o que lhe tinha acontecido e que a criança que lhe haviam entregado estava em casa, sob os cuidados da criada. Contou também da ordem que tinha dado à ama de trocar as ricas mantas por pobres e que levasse a criança aonde a criassem ou, pelo menos, socorressem sua necessidade presente. E disse mais: que a briga que Dom Antônio procurava já tinha acabado, e em paz, que ele estava nela e que, pelo que imaginava, todos eram gente de posse e prestígio.

Os dois ficaram admirados com os acontecimentos de cada um e voltaram apressados para casa, para ver o que precisava a que tinha ficado trancada. No caminho, Dom Antônio disse a Dom João que tinha prometido àquela senhora que não deixaria que ninguém a visse, nem ninguém, somente ele, entraria no quarto, se não fosse sua vontade.

– Não importa, porque não faltará ocasião de vê-la – respondeu Dom João. – Desejo muito fazê-lo, pela beleza que você tanto exaltou.

Chegaram e, com a luz que trouxe um dos três criados que tinha, Dom Antônio levantou os olhos para o chapéu que Dom João levava posto e viu como resplandecia de diamantes. Tirou-lhe o chapéu e viu que as luzes saíam de muitos diamantes que estavam cravejados em um riquíssimo cordão de seda. Ambos olharam e reolharam o chapéu e concluíram que, se todos os diamantes fossem finos, como parecia, valiam mais de doze mil ducados. Com isso, concluíram que os que brigavam eram pessoas nobres, especialmente o que tinha sido socorrido por Dom João, que lhe tinha dito que levasse e guardasse o chapéu, porque era conhecido. Mandaram que os criados se retirassem e Dom Antônio abriu a porta de seu quarto e encontrou a senhora sentada na cama, com a mão na bochecha, derramando ternas lágrimas. Dom João, desejando vê-la, aproximou-se da porta tanto quanto pôde para colocar a cabeça para dentro. A luz dos diamantes refletiu nos olhos daquela que chorava e, levantando-os, disse:

– Entre senhor duque, entre. Por que me dá com tanta escassez a alegria de vê-lo?

Disse Dom Antônio:

– Aqui, senhora, não há nenhum duque que se esconda de sua vista.

– Como não? – respondeu ela. – O que apareceu ali agora é o duque de Ferrara, que a riqueza de seu chapéu não pôde encobri-lo.

– Na verdade, senhora, quem usa o chapéu não é nenhum duque e se deseja ver quem é, dê licença para que ele entre.

– Entre, seja bem-vindo – disse ela – mas se não for o duque, minhas desgraças serão ainda maiores.

Todas estas coisas ouviu Dom João. Vendo que tinha permissão para passar, entrou no aposento com o chapéu na mão. Quando ficou diante da senhora e que ela viu que não era o dono do rico chapéu, com voz pesarosa e língua apressada, disse:

– Ai! Pobre de mim! Meu senhor, diga-me logo, sem me fazer esperar: conhece o dono desse chapéu? Onde o deixou e como caiu em seu poder? Por acaso está vivo ou estas são as novas que me envia de sua morte? Ai, meu Deus! Que acontecimentos são estes? Aqui vejo suas coisas, aqui me vejo trancada sem você e em poder de quem, se não fossem nobres espanhóis, o temor de perder a minha honestidade já me teria tirado a vida!

– Tranquilize-se, senhora – disse Dom João, – porque nem o dono deste chapéu está morto e nem a senhora está em um lugar onde sofrerá qualquer ofensa. Pelo contrário, nós a serviremos com todas as nossas forças e até daremos a nossa vida para defendê-la e ampará-la. Não tenha pouca fé na bondade dos espanhóis, pois nós somos bons e também nobres (que neste momento cabe falar o que pareceria ser arrogância), esteja certa que será guardado o decoro que sua presença merece.

– Nisto acredito – respondeu ela, – mas, me diga senhor: como este rico chapéu foi parar em seu poder? Onde está Afonso de Este, duque de Ferrara, que é o dono dele?

Então, para não deixá-la mais curiosa, Dom João contou que havia encontrado o chapéu em uma briga e que nela tinha favorecido e ajudado a um cavaleiro que, pelo que ela dizia, sem dúvida era o duque de Ferrara. Disse que na briga tinha perdido o chapéu e encontrado aquele e que o cavaleiro lhe tinha dito que o levasse porque era conhecido. Concluiu contando que a briga tinha terminado sem que ele nem o cavaleiro ficassem feridos e que, terminada, tinham chegado alguns que pareciam ser criados ou amigos do que ele achava ser o duque, que tinha pedido que o deixasse e fosse embora, "mostrando-se muito agradecido com a ajuda que eu lhe tinha dado".

– De maneira que, minha senhora, este rico chapéu veio a meu poder do modo que eu lhe contei. Se seu dono é o duque, como a senhora diz, não faz uma hora que o deixei bem, são e salvo. Que esta verdade sirva para seu consolo, se o tem com as notícias do bom estado do duque.

– Para que saibam, senhores, se tenho razão e motivo para perguntar por ele, estejam atentos e escutem minha, não sei se digna, mas infeliz história.

Durante todo este tempo a criada entretinha a criança dando-lhe mel para que chupasse e trocando-lhe as mantas ricas, por pobres. Tendo tudo preparado, quis levá-la para a casa de uma parteira, conforme Dom João tinha ordenado. Passando junto ao quarto onde estava aquela que queria começar a contar a sua história, a criança chorou e a senhora escutou. Levantou-se, ficou escutando atentamente e ouviu mais claramente o choro da criança e disse:

– Meus senhores, que criança é aquela que parece recém-nascida?

Dom João respondeu:

– É um menino que deixaram na porta de casa esta noite, e a criada vai procurar alguém para lhe dar de mamar.

– Traga-o aqui, pelo amor de Deus – disse a senhora – que eu farei esta caridade com os filhos alheios, já que o céu não quer que eu faça com o meu.

Dom João chamou a criada, pegou o menino e o colocou nos braços da que o tinha pedido, dizendo:

– Aqui vê, senhora, o presente que nos deram esta noite. E não foi este o primeiro, porque passam poucos meses sem que encontremos semelhantes presentes em nossa porta.

Tomou a criança em seus braços e olhou-a atentamente, tanto o rosto como as pobres, mas limpas mantas em que estava embrulhada. Sem poder conter as lágrimas, colocou a toca da cabeça sob os peitos, para poder dar de mamar com honestidade. Juntou seu rosto com o da criança, com o leite que a sustentava e com as lágrimas lhe molhava o rosto. Deste jeito ficou todo o tempo em que o menino quis continuar no peito. Enquanto isso, os quatro aguardavam em silêncio. Pensavam que o menino estava mamando, mas não estava, porque as recém-paridas não podem dar o peito. Assim, percebendo o que acontecia, a senhora o devolveu a Dom João dizendo:

– Mostrei-me caridosa em vão. Até pareço novata nestas questões. Faça senhor que dêem mel para que chupe e não consinta que o levem pela rua a estas horas. Espere amanhecer o dia e, antes que o levem, tragam-no até a mim outra vez, porque me consolo vendo-o.

Dom João devolveu o menino para a criada e ordenou-lhe que a distraísse até o amanhecer do dia, que a cobrisse com as ricas mantas com que tinha vindo e que não a levasse sem o avisar. Voltando a entrar no quarto, estando os três sozinhos, a bela disse:

– Se querem que eu fale, primeiro me dêem algo de comer, porque estou desmaiando e tenho muitos motivos para isso.

Dom Antônio abriu rapidamente um armário e tirou de lá muitas conservas. A desmaiada comeu algumas e bebeu uma garrafa de água fria. Com isto voltou a si e, um pouco mais sossegada, disse:

– Sentem-se e me escutem, senhores.

Assim o fizeram e ela, sentando-se em cima da cama e arrumando bem a saia do vestido, deixou cair pelas costas o véu que trazia na cabeça, ficando seu rosto descoberto, vendo-se nele o mesmo brilho da lua ou, para melhor dizer, do sol, quando mais bonito e mais claro se mostra. Líquidas pérolas escorriam-lhe pelos olhos e as secava com um lenço branquíssimo e com umas mãos também tão brancas, que estaria fora de juízo quem soubesse diferenciar tal brancura. Finalmente, depois de ter dado muitos suspiros e procurado acalmar um pouco o peito, com voz pesarosa e conturbada, disse:

– "Eu, senhores, sou aquela de quem, sem dúvida, já escutaram falar muitas vezes, porque a fama da minha beleza é tal que em poucos lugares não é conhecida. Sou Cornélia Bentiboli, irmã de Lorenzo Bentiboli. Dizendo isso já lhes contei duas verdades: a de minha nobreza e a de minha beleza. Fiquei órfã de pai e mãe quando era pequena e meu irmão cuidou de mim, zelando por meu recato, confiando mais em minha honrada condição que na disposição que tinha em guardar-me.

Finalmente, entre paredes e solidão, acompanhada somente de minhas criadas, fui crescendo e, comigo, a fama de minha beleza, levada a público pelos criados, por aqueles que secretamente se relacionavam comigo e por um retrato que meu irmão mandou que um famoso pintor fizesse para que, como ele dizia, o mundo não ficasse sem mim quando o céu me levasse à melhor vida. Mas tudo isso era pouco para minha perdição. Aconteceu que o duque de Ferrara foi padrinho das bodas de uma prima minha, à qual meu irmão me levou com boa intenção e por honra de nossa parenta. Ali vi e fui vista. Ali, rendi corações, avassalei vontades; ali, senti que era bom receber elogios, ainda que fossem dados por línguas exageradas; ali, finalmente, vi o duque e ele me viu. Esta visão resulta agora estar como estou. Não quero contar, senhores, porque me estenderia infinitamente, os termos, os planos e os modos pelos quais o duque e eu conseguimos, ao longo de dois anos, concretizar o desejo que naquelas bodas nasceu. Nem guardas, nem recatos, nem palavras honradas, nem outra humana diligência foi suficiente para evitar nosso encontro acontecido sob a palavra que me deu de ser meu esposo, porque sem ela seria impossível vencer minha valiosa e honrada posição. Mil vezes lhe disse que me pedisse publicamente em casamento a meu irmão, pois seria impossível que o negasse, já que em nada se diferenciava a nobreza da linhagem dos Bentiboli e dos Estense. Deu-me várias desculpas que aceitei como certas e necessárias e, rendida, acreditei em tudo apaixonadamente, entregando-me com toda a minha vontade à sua por intermédio de uma criada minha, mais propensa às dádivas e promessas do duque do que ser fiel à confiança que meu irmão lhe tinha.

Depois de poucos dias, senti que estava grávida. Antes que os vestidos denunciassem minhas liberdades, para não chamar de outra coisa, fingi que estava doente e melancólica e fiz que meu irmão me trouxesse para a casa daquela prima de quem o duque tinha sido padrinho. Ali contei ao duque de meu estado, o perigo que corria e a pouca segurança que tinha na vida, por saber que meu irmão desconfiava de minha desenvoltura. Decidimos que quando entrasse no último mês o avisaria e ele viria me buscar, com outros amigos seus, e me levaria para Ferrara, onde se casaria comigo publicamente.

Esta noite em que estamos era a que tínhamos combinado

sua vinda. E nesta mesma noite, esperando-o, vi passar meu irmão, acompanhado de muitos homens que pareciam armados. Ouvindo o barulho de suas armas, com o susto me adiantou o parto e, em um instante, pari a um lindo menino. Aquela minha criada, sabedora e protetora de meus feitos, já estava prevenida para caso isso acontecesse. Enrolou a criança em mantas, que não são as que cobrem a criança que deixaram em sua porta, e, saindo correndo para a porta da rua, a entregou, segundo ela, para um criado do duque. Eu, então, me arrumei o melhor que pude, segundo a necessidade presente, saí de casa acreditando que o duque estava na rua. Não deveria fazê-lo até que ele chegasse, mas o medo que o grupo armado de meu irmão me deu, crendo que passaria sua espada sobre meu pescoço, não me deixou fazer coisa melhor. Assim, correndo como louca, saí de onde me aconteceu o que contei para os senhores. Ainda que sem filho e sem esposo e temendo acontecimentos piores, agradeço aos céus que me trouxeram ao poder dos senhores, em quem vejo toda a cortesia espanhola realçada com sua nobreza".

Dizendo isso, deixou-se cair na cama. Os dois foram ver se tinha desmaiado, viram que não, mas que chorava amargamente. Então, disse-lhe Dom João:

– Se até este momento, bela senhora, Dom Antônio, meu amigo, e eu lhe tínhamos compaixão e pena por ser mulher agora, que conhecemos seu caráter, a pena e a compaixão passam a ser a obrigação de servi-la. Recupere seu ânimo e não desanime e, ainda que não esteja acostumada a semelhantes casos, mais mostrará quem é quanto mais paciência tiver para suportá-los. Creia-me, senhora, acredito que estes estranhos acontecimentos terão um final feliz porque o céu não há de permitir que tanta beleza se aproveite mal e que tão honestos pensamentos malogrem. Deite-se, senhora, e descanse, porque precisa. Entrará uma criada nossa para servi-la e poderá confiar nela tanto como em nós, porque bem saberá guardar em segredo suas desgraças como também atender a suas necessidades.

– Tão grandes são as necessidades que tenho que me obrigam a fazer coisas mais difíceis, respondeu ela. Que entre quem o senhor desejar. Se for encaminhada pelo senhor, será bem-vinda. Mas, lhe suplico que não me veja mais ninguém além da criada.

– Assim será – respondeu Dom Antônio.

Saíram, deixando-a sozinha. Dom João mandou que a criada entrasse e que levasse junto a criança. Perguntou se a tinha coberto com as ricas mantas e respondeu que sim, que já estava do mesmo jeito que tinha chegado. Entrou já sabendo o que deveria responder para a senhora caso ela perguntasse sobre aquela criança.

Vendo-a, disse Cornélia:

– Seja bem-vinda, minha amiga. Dê-me esta criança e aproxime de mim esta vela.

Assim o fez a criada. Pegando o menino no colo, Cornélia, se surpreendeu e o olhou detidamente. Disse, então:

– Diga-me, senhora, este menino e o que me trouxeram antes são o mesmo?

– Sim senhora – respondeu a ama.

– Mas, por que vem enrolado em outras mantas? – replicou Cornélia. – Na verdade, amiga, ou estas são outras mantas ou esta não é a mesma criança.

– Tudo é possível – respondeu a criada.

– Pobre de mim! – disse Cornélia. – Como que tudo é possível? Como é isto, minha criada? O coração me arrebenta no peito até eu entender esta troca. Diga-me, amiga, por tudo o que você mais ama. Peço que me diga de onde pegou estas mantas, porque se a mente não me falha ou a memória não se lembra, são minhas. Com estas mesmas ou com outras semelhantes entreguei a joia mais querida de minha alma para minha criada. Quem as tirou dele? Ai, infeliz! E quem as trouxe até aqui? Ai, desafortunada!

Dom João e Dom Antônio escutavam todas estas queixas e não quiseram que continuasse sofrendo com elas e nem permitiram que o engano das mantas trocadas aumentasse seu sofrimento. Entraram no quarto, e Dom João lhe disse:

– Estas mantas e este menino são seus, senhora Cornélia.

Contou-lhe detalhadamente como era ele a pessoa a quem sua donzela tinha entregado a criança, de como a tinha levado para casa, a ordem que tinha dado para a criada de trocar as mantas e por que o tinha feito. Também contou à senhora que, depois que soube de seu parto, teve a certeza de que aquele filho era dela e que, se não o tinha dito, era para que, depois do sobressalto da dúvida de conhecê-lo, tivesse a alegria de tê-lo reconhecido.

Então foram infinitas as lágrimas de alegria de Cornélia, infinitos os beijos que deu em seu filho, infinitos os agradecimentos que rendeu a seus favorecedores, chamando-os de anjos humanos de sua guarda e outros títulos que davam notória mostra de seu agradecimento. Deixaram-na com a criada, recomendando que cuidasse dela e a servisse tanto quanto fosse possível. Advertiram-na, também, do estado em que se encontrava, para que estivesse em seu auxílio, pois por ser mulher, sabia mais daquelas coisas do que eles.

Foram, então, descansar o que faltava para o fim da noite, com a intenção de entrar no quarto de Cornélia apenas se ela os chamasse ou por extrema necessidade. Chegou o dia, e a criada trouxe a quem secretamente desse de mamar ao menino e eles perguntaram por Cornélia. Disse-lhes que descansava um pouco. Foram para a Universidade e passaram pela rua da briga e pela casa de onde Cornélia tinha saído, para saber se seu desaparecimento já era público ou se comentavam sobre ele, mas não escutaram nada sobre a briga nem sobre a ausência de Cornélia. Com isso, terminadas as suas aulas, voltaram para casa.

Cornélia chamou-os e também a criada, responderam que tinham decidido não colocar os pés em seu quarto, para que com mais decoro se guardasse o que sua honestidade pedia. Rogou com lágrimas e súplicas que entrassem para vê-la que este era o decoro mais conveniente, se não para seu remédio, pelo menos para seu consolo. Assim o fizeram e ela os recebeu com rosto alegre e muita cortesia. Pediu-lhes que lhe fizessem o favor de sair pela cidade e descobrir se falavam sobre seu atrevimento. Responderam-lhe que aquele pedido já tinha sido realizado com muita dedicação, mas que não se dizia nada.

Nisto, chegou à porta do quarto um criado, dos três que tinham, e, de fora, disse:

– À porta está um cavaleiro acompanhado por dois criados. Disse que se chama Lorenzo de Bentiboli e procura meu senhor Dom João de Gamboa.

Com esta notícia, Cornélia fechou os dois punhos e os colocou na boca. Por entre eles saiu uma voz baixa e temerosa que disse:

– Meu irmão, senhores! É meu irmão! Sem dúvida soube que estava aqui e veio me matar. Socorro e amparo, senhores!

– Tranquilize-se, senhora – lhe disse Dom Antônio – que está do lado e sob o poder de quem não deixará que lhe façam o menor mal do mundo. Vá, você, senhor Dom João, e veja o que quer este cavaleiro e eu ficarei aqui para, se for preciso, defender Cornélia.

Dom João desceu sem mudar seu semblante. Dom Antônio mandou que os criados trouxessem dois pistoletes carregados, que preparassem suas espadas e que ficassem atentos.

A criada tremia vendo aquelas prevenções, também Cornélia, temendo um mau acontecimento. Somente Dom Antônio e Dom João estavam seguros e decididos sobre o que deveriam fazer. Dom João encontrou Dom Lorenzo na porta de entrada da casa e este lhe disse:

– Suplico a V.S. – porque este é o tratamento na Itália – que faça o favor de me acompanhar até a Igreja que está aqui na frente, porque tenho um negócio para comunicar a V.S que vale minha vida e minha honra.

– Com muito boa vontade vou, senhor, aonde quiser – respondeu Dom João.

Dito isto, foram até a Igreja e se sentaram em um banco em uma parte na qual não podiam ser ouvidos. Lorenzo falou primeiro e disse:

– "Eu, senhor espanhol, sou Lorenzo Bentiboli, senão dos mais ricos, um dos mais nobres da cidade. Por ser esta verdade tão notória, serve de desculpa de eu mesmo me vangloriar. Fiquei órfão há alguns anos e minha irmã ficou sob meus cuidados. Tão bonita é ela que faltariam elogios para falar de sua beleza. Sendo eu honrado e ela menina e bonita, a mantinha protegida, mas todas as minhas prevenções e diligências foram defraudadas pela vontade de minha irmã Cornélia, que este é seu nome.

Finalmente, para resumir esta que poderia ser uma longa história, e não lhe cansar, digo que o duque de Ferrara, Afonso de Este, venceu com olhos de lince o de Argos, arruinou e triunfou sob meu empenho, conquistando Cornélia. Ontem à noite, tirou e levou minha irmã, dizem que recém-parida, da casa de uma parenta nossa. Ontem mesmo o soube e saí para procurá-lo e creio que o achei e o feri, mas foi socorrido por algum anjo que não permitiu que eu limpasse, com meu sangue, a mancha da ofensa sofrida. Disse-me minha parenta, que foi quem me contou tudo isso, que o duque enganou minha irmã, com a promessa de fazê-la sua esposa. Não acredito nisso, porque seria um matrimônio desigual nos bens, todo mundo conhece a nobreza dos Bentibolis de Bolonha. Acredito que ele se ateve no que se atêm os poderosos que querem conquistar uma donzela temerosa e recatada, colocando-lhe à vista o doce nome de esposo e fazendo-lhe crer que por certo respeito não se casariam logo: mentiras travestidas de verdades, falsas e mal intencionadas". Seja o que for, estou sem minha irmã e sem minha honra. Tenho guardado tudo isto até agora sob a chave do silêncio, porque não quis contar a ninguém sobre esta ofensa até ver se consigo remediá-la de alguma maneira. É melhor que as infâmias sejam suspeitas e presumidas que sabidas, porque entre o sim e o não da dúvida, cada um pode inclinar-se para o lado que mais lhe parecer conveniente. Finalmente, decidi que vou até Ferrara pedir satisfação ao duque sobre minha ofensa e, se a negar, desafiá-lo-ei. Isto não será com esquadrões de gente, pois não posso nem formar e sustentar um só esquadrão, mas de homem a homem. Para isso queria sua ajuda, me acompanhe neste caminho, confio que o fará por ser espanhol e cavaleiro, como me informei. Também lhe peço para que não o tenha que pedir a nenhum parente nem amigo, de quem não espero mais que conselhos e persuasões. O senhor deve fazer o favor de vir comigo porque, levando um espanhol a meu lado, tal como o considero, imaginarei que tenho os exércitos de Xerxes me protegendo. Muito lhe peço, mas maior é a dívida de corresponder à fama que sua nação apregoa.

– Não fale mais, senhor Lorenzo – disse a esta altura Dom João que até aquele momento tinha escutado sem interromper – não diga mais nada porque a partir de agora me constituo como seu defensor e conselheiro e tomo como minha a satisfação ou vingança de sua ofensa. Não o faço apenas porque sou espanhol, mas porque sou cavaleiro e porque o senhor é tão nobre como diz, como sei e como todo o mundo sabe. Decida o dia de nossa partida. Seria melhor que fosse logo, porque o ferro deve ser lavrado enquanto está quente, o ardor da cólera aumenta o ânimo e a injúria recente desperta a vingança.

Lorenzo se levantou, deu um abraço apertado em Dom João e disse:

– A coração tão generoso como o seu, senhor Dom João, não é necessário mover-lhe outro interesse que o da honra que ganhará com este feito. Se nós nos sairmos bem, desde agora já lhe dou sua honra e, por acréscimo, lhe ofereço tudo o que tenho, posso e valho. Quero que partamos amanhã, para poder preparar hoje tudo o que for necessário para começar a viagem.

– Acho bom – disse Dom João – e me dê licença, senhor Lorenzo, para que eu possa comunicar o acontecido a um cavaleiro, meu amigo, de cujo valor e silêncio o senhor pode estar mais seguro do que o meu.

– Senhor Dom João, pelo que disse, tomou minha honra para si. Disponha dela como lhe aprouver, diga dela o que quiser e a quem quiser, quanto mais a um amigo seu, que certamente é boa pessoa.

Abraçaram-se e se despediram, combinando que no dia seguinte mandaria chamar a Dom João para que, fora da cidade, montassem em seus cavalos e seguissem o caminho discretamente.

Dom João voltou e contou para Dom Antônio e Cornélia o que tinha conversado com Lorenzo e também do acordo que tinham feito.

– Valha-me Deus! – disse Cornélia – grande é senhor, sua cortesia e confiança. Como, e tão rápido, se lançou a participar de uma aventura tão cheia de inconvenientes? E como sabe, senhor, se meu irmão o leva para Ferrara ou para outro lugar? Mas, aonde quer que o leve, pode ter certeza que a fidelidade vai com o senhor. Eu, infeliz, tropeço nos raios do sol e temo qualquer sombra. Como não temer se da resposta do duque depende minha vida? E se não responde corretamente de modo que a cólera de meu irmão não se contenha nos limites de sua discrição? E, quando saia, achará que tem um inimigo fraco? Durante os dias em que demorarem para voltar ficarei temerosa e atônita esperando as doces ou amargas notícias do acontecimento. Acaso amo tão pouco o duque e meu irmão que não temo as desgraças e não me dói na alma o que possa acontecer?

– Muito fala e muito teme, senhora Cornélia – disse Dom João. – Dê lugar, entre tantos medos, à esperança. Confie em Deus, em mim e na sorte porque verá cumprido seu desejo, com muita felicidade. Irei até Ferrara e ajudarei seu irmão. Até agora não sabemos a intenção do duque, nem se ele sabe do erro que a senhora cometeu. Tudo isso se saberá de sua boca e ninguém melhor do que eu para descobri-lo. Entenda, senhora Cornélia, que a vida e a alegria de seu irmão e do duque estão entre as coisas que mais estimo e olharei por elas como se fossem muito valiosas.

– Se o céu lhe dá, senhor Dom João – respondeu Cornélia, – o mesmo poder para remediar quanto a graça que tem para consolar, mesmo em meio a todos estes males, me sinto afortunada. Gostaria de vê-lo ir e voltar, mesmo que me aflija o temor de sua ausência ou que seja pequena minha esperança.

Dom Antônio aprovou a decisão de Dom João e se alegrou com a confiança que Lorenzo Bentiboli tinha depositado nele. Disse-lhe ainda que, por preocupação, queria acompanhá-los.

– Isto não – disse Dom João, – não é bom que a senhora Cornélia fique sozinha e também não quero que o senhor Lorenzo pense que quero me valer de esforços alheios.

– Os meus e os seus são os mesmos – respondeu Dom Antônio. Assim, ainda que seja sem ser reconhecido e desde longe tenho que segui-los. Sei que a senhora Cornélia ficará feliz com isso e não ficará tão só nem faltará quem lhe sirva, cuide e acompanhe.

Disse Cornélia:

– Será um grande consolo para mim saber que vão juntos ou, pelo menos, de modo que um possa proteger o outro, se for preciso. E como acho que o que vão enfrentar é perigoso, façam o favor, senhores, de levar estas relíquias com vocês.

Dizendo isto, tirou do peito uma cruz de diamantes de valor

inestimável e um *agnus* de ouro tão valioso quanto a cruz. Os dois olharam as ricas joias e as apreciaram mais que o chapéu do duque. Não querendo aceitá-las de nenhuma maneira, devolveram-nas. Disseram que levariam relíquias consigo, senão tão bem adornadas, pelo menos de boa qualidade. Cornélia se entristeceu por não aceitarem, mas acatou o que eles decidiram.

A criada cuidava muito bem de Cornélia e, sabendo da partida de seus amos (porque lhe contaram sem dizer para que e para aonde iam), tratou de cuidar ainda mais e melhor da senhora cujo nome não sabia. No outro dia, bem cedo, Lorenzo estava na porta, e dom João de saída com o chapéu do cordão de seda. Adornou-o com plumas pretas e amarelas e cobriu o cordão com um pano preto. Despediu-se de Cornélia que, imaginando a proximidade de seu irmão, ficou com tanto medo que não conseguiu dizer nada para os que se despediam dela.

Dom João saiu primeiro e acompanhou Lorenzo até a entrada da cidade. Em um lugar meio afastado do caminho encontraram dois bons cavalos, com dois rapazes que lhes serviriam de guia. Montaram os cavalos e, com os rapazes na frente, cavalgaram até Ferrara por veredas e caminhos pouco usados. Dom Antônio, vestido e dissimulado, sobre seu cavalo, os seguia. Percebeu que se davam conta de sua presença, principalmente Lorenzo, e então, decidiu seguir direto para Ferrara, já que ali certamente os encontraria.

Mal tinham saído da cidade, quando Cornélia começou a contar para a criada todo o acontecido, dizendo que aquele menino era seu e do duque de Ferrara, com todos os detalhes que até aqui se contou sobre sua história, não omitindo nem a viagem que seus senhores faziam até Ferrara, acompanhando seu irmão, que ia desafiar o duque Afonso. Ouvindo isso, a criada (como se o demônio a tivesse mandado para confundir, atrapalhar e aumentar o desconsolo de Cornélia), disse:

– Senhora da minha alma! Todas estas coisas aconteceram por sua causa e está aqui tranquila? Ou não tem alma ou a tem tão abatida que não sente. Por acaso a senhora pensa que seu irmão vai para Ferrara? Não pense isso, senão acredite que quis tirar meus amos desta casa para voltar aqui e lhe tirar a vida, porque assim o poderá fazer como alguém que bebe um jarro de água. Veja sob que proteção ficamos: três criados que já estão ocupadíssimos coçando as sarnas que têm. De minha parte, digo que não terei forças para esperar os acontecimentos que ameaçam esta casa. O senhor Lorenzo, italiano, confiar em espanhóis e pedir-lhes ajuda? Uma figa! Se você, minha filha, quiser um conselho lhe darei um que será bom para você.

Cornélia ficou pasma, atônica e confusa, pois pareciam ser certas todas as palavras que a criada disse com tanta segurança e com tanto temor. Talvez Dom João e Dom Antônio já estivessem mortos e seu irmão logo entraria por aquelas portas e a encheria de punhaladas. Então disse à criada:

– Que conselho me daria, amiga, que fosse bom e prevenisse meu infortúnio?

– Dar-lhe-ei tal e tão bom conselho que não poderá ser melhorado, – disse a criada. – Eu, senhora, servi a um *piovano*, a um padre, de uma aldeia que está a duas milhas de Ferrara. É uma pessoa santa e boa, que fará por mim tudo o que eu lhe pedir, porque me tem muita consideração. Vamos para lá, eu procuro alguém que nos leve rápido, e também levamos a que dá de mamar ao menino, porque é mulher pobre e irá conosco a qualquer lugar do mundo. E, pressupondo, senhora, que a encontrem, melhor será que seja na casa de um sacerdote, velho e honrado do que em poder de dois estudantes, jovens e espanhóis. Como agora não está bem, respeitam-na, mas se melhora e convalesce no poder deles, só Deus poderá remediar! A verdade é que se não tivesse guardado minhas repulsas, meus desdéns e minha integridade, já tinham acabado com minha honra, porque nem tudo o que reluz é ouro. Sou astuta e sei onde me aperta o sapato, mas, principalmente, sou bem nascida, sou de Cribelos de Milão e tenho a minha honra dez milhas mais longe do que as nuvens. Com isso se pode ver, minha senhora, as calamidades pelas quais passei, pois, sendo quem sou, vim ser *masara* de espanhóis, a quem eles chamam de *criada*. No entanto, não posso me queixar de meus senhores, porque são muito bons quando não estão bravos e, nisto, se parecem aos de Viscaia, como dizem que são. Talvez com a senhora sejam galegos, que é outra nação, segundo se diz, menos pontual e mais bem vista que a viscaína.

Tantos e tais argumentos lhe deu que a pobre Cornélia se dispôs a seguir o que ela dizia. Assim, com a aceitação de Cornélia e com a disposição da criada, em menos de quatro horas estavam dentro da carroça junto com a ama de leite do menino. Sem que os criados soubessem, se puseram a caminho da aldeia do padre. Tudo isso se fez com o trabalho e dinheiro da criada, que há alguns dias tinha recebido de seus senhores um ano de salário, não sendo necessário empenhar a joia que Cornélia lhe tinha dado. Como tinham escutado Dom João dizer que não seguiriam o caminho direto para Ferrara, mas que iriam por trilhas afastadas, decidiram seguir, devagar, o caminho direto, para não correr o risco de se encontrarem com eles. O dono da carroça acomodou o passo à vontade delas já que lhe pagaram segundo a vontade dele.

Deixemo-las ir, que elas vão seguras e bem encaminhadas, e saibamos o que aconteceu com Dom João de Gamboa e com o senhor Lorenzo Bentiboli, que no caminho descobriram que o duque não estava em Ferrara, mas em Bolonha. Abandonando os caminhos alternativos, entraram no caminho real, ou estrada mestra, como se diz, considerado que por ela viria o duque quando voltasse de Bolonha. Fazendo pouco tempo que estavam nela, olhando na direção de Bolonha para ver se enxergavam alguma coisa, viram um tropel de gente a cavalo. Dom João pediu que Lorenzo se desviasse do caminho porque, se entre aqueles que vinham estivesse o duque, queria falar com ele antes que entrasse em Ferrara, que estava muito perto dali. Acatando o que lhe tinha dito Dom João, Lorenzo fez o que lhe tinha pedido.

Logo que se afastou Lorenzo, Dom João tirou o pano que cobria o cordão de seda e o fez, não sem dizer um discreto discurso, como depois contou. Chegou a tropa dos caminhantes e, entres eles, vinha uma mulher montada em um cavalo, vestida a paisana, com uma máscara cobrindo o rosto, ou para esconder-se ou para se proteger do sol e do vento. Dom João parou o cavalo no meio do caminho e ficou com o rosto descoberto até que chegaram os caminhantes. E quando se aproximaram, o porte, o brio, o poderoso cavalo, a bonita vestimenta e a luz dos diamantes chamaram a atenção de todos os olhos que ali vinham, especialmente os do conde de Ferrara, que era um deles, quem, vendo o cordão de seda, se deu conta de que quem estava ali era Dom João de Gamboa, o que o tinha salvado da briga. Acreditou tão firmemente nisso que, sem fazer nenhum discurso, arremeteu seu cavalo na direção de Dom João e disse:

– Não creio que me enganarei, senhor cavaleiro, se o chamar de Dom João de Gamboa, porque seu valente porte e o adorno deste chapéu me dizem isto.

– É verdade – respondeu Dom João – porque jamais soube nem quis esconder meu nome. Para que eu não seja descortês me diga, senhor, quem é.

– Isso seria impossível – respondeu o duque – porque acho que o senhor jamais seria descortês. Digo-lhe, senhor Dom João, que sou o duque de Ferrara, o que está obrigado a servi-lo todos os dias de sua vida, por ter salvado a minha quatro noites atrás.

Mal tendo acabado de dizer o que dizia, Dom João rapidamente desceu do cavalo e foi beijar os pés do duque. Apesar de ter chegado muito rápido, o duque já se tinha levantado, de modo que terminou de apear com a ajuda de Dom João. Lorenzo, que desde longe via todas estas cerimônias, não pensou que eram de cortesia, mas de cólera. Arremeteu, então, seu cavalo, mas na metade do embalo o deteve, porque viu que o duque e Dom João estavam abraçados fraternalmente. Por cima do ombro de Dom João, o duque viu e reconheceu Lorenzo. Sobressaltou-se e, ainda abraçado a Dom João, perguntou-lhe se Lorenzo Bentiboli, estava com ele. Dom João respondeu:

– Afastemo-nos um pouco daqui e contarei a Vossa Excelência grandes coisas.

Assim o fez e Dom João lhe disse:

– Lorenzo Bentiboli, que ali está, tem uma queixa contra o senhor e não é pequena. Diz que há quatro noites o senhor tirou a irmã dele, a senhora Cornélia, da casa de uma prima e que a enganou e desonrou. Quer saber o que o senhor pensa fazer, para que ele veja o que lhe convém. Pediu que eu fosse o mediador e eu aceitei porque, pelos detalhes que me deu sobre a briga, soube que o senhor era o dono deste cordão de seda – que por generosidade e gentileza quis que fosse meu. Vendo que ninguém poderia intermediar entre vocês melhor do que eu, como já disse, ofereci minha ajuda. Queria que o senhor me dissesse, agora, o que sabe sobre o caso e se é verdade o que diz Lorenzo.

– Ah, meu amigo! – respondeu o duque. – É tão verdade que eu não me atreveria a negá-la nem que o quisesse. Eu não enganei nem tirei Cornélia de casa, mas sei do que o senhor está falando. Não a enganei porque a considero minha esposa; não a tirei de casa, porque não sei onde está. Se não celebrei publicamente meu casamento foi porque estava esperando que minha mãe (que está no fim) passasse desta para a melhor vida, já que ela deseja que me case com a senhora Lívia, filha do duque de Mântua, e por outros inconvenientes talvez mais fortes do que o já dito, mas que agora não convém serem ditos. O que aconteceu é que, na noite em que o senhor me socorreu, eu ia levá-la para Ferrara, porque já estava no mês de nascer a joia que o céu desejou que eu depositasse nela. Não sei se pela briga, ou por meu descuido, quando cheguei a sua casa, vi que saía dela aquela que era a responsável por nossos encontros. Perguntei-lhe onde estava Cornélia; ela me disse que já tinha saído e que naquela noite tinha dado à luz um menino, o mais bonito do mundo, e que o tinha entregado para Fábio, meu criado. A donzela é aquela que está ali; Fábio é este aqui e o menino e Cornélia desapareceram. Nestes dois últimos dias estive em Bolonha, esperando e procurando notícias de Cornélia, mas não descobri nada.

– Quer dizer, senhor – disse Dom João – que quando aparecerem Cornélia e o menino, não negará que são sua esposa e seu filho?

– Certamente que não, porque, se me vanglorio de ser cavaleiro, muito mais de ser cristão. Além disso, Cornélia merece ser a senhora de um reino. Se aparecesse, com minha mãe viva ou morta, me casaria com ela e o mundo saberia que eu soube honrar a promessa que fiz em segredo.

– Então, diria tudo isso que me disse – prosseguiu Dom João – para o senhor Lorenzo, irmão de Cornélia?

– Incomoda-me – respondeu o duque – que ainda não o saiba.

No mesmo instante, Dom João fez sinais para que Lorenzo apeasse e fosse até onde eles estavam. Foi o que fez, sem imaginar a boa notícia que receberia. O duque passou à frente e recebeu-o de braços abertos e o primeiro que fez foi chamá-lo de irmão.

Dom Lorenzo ficou sem saber como responder a um cumprimento tão amoroso e a um recebimento tão cortês. Ficou parado e, antes que dissesse qualquer coisa, disse-lhe Dom João:

– Senhor Lorenzo, o duque confessa o encontro secreto que manteve com sua irmã, a senhora Cornélia. Também confessa que a considera sua legítima esposa e que o afirmará publicamente quando for possível. Confirma, ainda, que há quatro dias foi tirá-la da casa de sua prima para levá-la a Ferrara, esperando ocasião para celebrar as bodas, que tinham sido adiadas até então por motivos muito justos. Contou da briga que teve com o senhor e que quando foi resgatar Cornélia encontrou Sulpícia, sua criada – que é a mulher que está aqui – de quem soube que Cornélia tinha dado à luz há menos de uma hora e que tinha entregado a criança para um criado do duque. Acreditando que o duque estava ali, tinha saído de casa com medo, porque imagina que o senhor já sabia desta relação. Sulpícia não entregou o menino para o criado do duque, mas equivocadamente para outro. Cornélia desapareceu. O duque diz que se responsabiliza por tudo e assegura que, assim que a senhora Cornélia aparecer, a receberá como sua legítima esposa. Veja, senhor Lorenzo, não há mais nada a fazer do que esperar o encontro destas duas tão ricas e infelizes joias.

Respondeu o senhor Lorenzo, atirando-se aos pés do duque, que fazia força para levantá-lo:

– Conhecendo sua cristandade e sua grandeza, minha irmã e eu não poderíamos esperar bem maior do que o que nos faz: a ela, de tomá-la por esposa e, a mim, de colocar-me a seu lado.

Nisto, as lágrimas já escorriam dos olhos de Lorenzo e também dos olhos do duque, enternecidos, um, pela perda da esposa e outro, por ter descoberto tão bom cunhado. Considerando que parecia fraqueza demonstrar o que sentiam com lágrimas, as reprimiram e voltaram a trancá-las nos olhos. Os de Dom João, estavam alegres, quase pedindo a recompensa por saber onde estavam Cornélia e o menino.

Estavam nesta situação quando apareceu Dom Antônio de Isunça, que foi reconhecido por Dom João desde longe. Quando se aproximou, viu os cavalos de Dom João e de Lorenzo, sendo cuidados pelos criados em um lugar um pouco mais afastado de onde estavam os demais. Dom Antônio reconheceu Dom João e Lorenzo, mas não o duque, e não sabia o que fazer, se se aproximava, ou não, de onde estava Dom João. Aproximando-se dos criados do duque, apontando para ele, perguntou-lhes se conheciam o cavaleiro com quem conversavam os outros dois. Responderam-lhe que era o duque de Ferrara, informação que o deixou mais confuso e sem saber o que fazer. Tirou-o do assombro Dom João, chamando-o pelo nome. Dom Antônio apeou, viu que todos estavam de pé e se aproximou. O duque o recebeu de maneira muito cortês porque Dom João tinha lhe dito que aquele era seu amigo. Finalmente, Dom João contou a Dom Antônio tudo o que tinha acontecido com o duque até o momento em que ele chegou. Dom Antônio se alegrou muito e disse a Dom João:

– Senhor Dom João, por que não completa a alegria destes senhores pedindo a recompensa pelo encontro da senhora Cornélia e de seu filho?

– Se você não tivesse chegado, senhor Dom Antônio, eu a teria pedido, mas peça-a você, que estou certo que a darão com muito boa vontade.

O duque e Lorenzo escutaram que falavam do encontro de Cornélia e de recompensa e perguntaram o que diziam:

– Que há de ser? – respondeu Dom Antônio. – Quero ser um personagem desta tragicomédia e serei o que pede a recompensa pelo encontro da senhora Cornélia e de seu filho, que estão em minha casa.

Contou-lhes detalhadamente o que até aqui se disse. O duque e o senhor Lorenzo receberam com tanta alegria a notícia que Dom Lorenzo se abraçou com Dom João e o duque com Dom Antônio. O duque prometeu que daria por recompensa tudo o que tinha e o senhor Lorenzo, sua fazenda, sua vida e sua alma. Chamaram a criada, ela entregou a criança a Dom João e, reconhecendo Lorenzo, começou a tremer. Perguntaram-lhe se conseguiria reconhecer o homem a quem tinha entregado o menino; disse que não, mas que lhe tinha perguntado se era Fábio e que tinha respondido que sim. Acreditando que era verdade o que dizia, entregou a criança.

– Isto mesmo – respondeu Dom João – e a senhora fechou a porta rapidamente e pediu que a colocasse em lugar seguro e que voltasse logo.

Disse o duque:

– Lágrimas já não são necessárias, mas júbilos e festas. O caso é que eu não tenho que entrar em Ferrara, mas voltar logo a Bolonha, porque todas estas alegrias ainda estão pela metade até que eu veja Cornélia.

De comum acordo, sem dizer mais nada, deram a volta para Bolonha.

Dom Antônio foi na frente com o intuito de prevenir Cornélia, para que ela não se assustasse com a imprevista chegada do duque e de seu irmão. Ao não encontrá-la, ficou o mais triste e confuso dos homens. Os criados não souberam dizer nada e como viu que a criada também não estava, imaginou que Cornélia tinha desaparecido por obra dela. Os criados disseram que a criada tinha sumido no mesmo dia em que eles saíram e que nunca tinham visto nenhuma Cornélia. Com o acontecido, Dom Antônio ficou fora de si, temendo que o duque os considerasse mentirosos e trapaceiros ou, talvez, imaginasse coisas piores que prejudicariam a honra e o crédito de Cornélia. Estava pensando em tudo isso quando o duque, Dom João e Lorenzo entraram por ruas desertas, deixando os demais fora da cidade. Chegaram à casa de Dom João e encontraram Dom Antônio sentado em uma cadeira, com a mão no queixo, e com uma cor de morto.

Dom João lhe perguntou o que tinha e onde estava Cornélia.

Dom Antônio respondeu:

– Como posso estar bem? Não encontro nem Cornélia, nem a criada que deixamos como sua acompanhante. Parece que sumiu no mesmo dia em que saímos daqui.

Depois de ouvir aquelas notícias, faltou pouco para que o duque morresse e para que Lorenzo enlouquecesse. Todos ficaram atordoados, perplexos e pensativos. Nisto, um dos criados aproximou-se de Dom Antônio e lhe disse ao ouvido:

– Senhor, desde o dia em que saíram, Santoestêvão, o criado do senhor Dom João, tem uma mulher muito bonita trancada em seu quarto. Acho que se chama Cornélia, porque assim ouvi que a chamava.

Dom Antônio se alvoroçou pensando que Cornélia tivesse sido escondida pelo criado e que preferiria não encontrá-la a fazê-lo em tal lugar. Pensando nisso, não disse nada a ninguém, mas, em silêncio, foi até o quarto do criado. Encontrou a porta fechada, já que ele não estava em casa. Aproximou-se, então, da porta e disse em voz baixa:

– Abra, senhora Cornélia, e venha receber seu irmão e o duque, seu esposo, que vieram buscá-la.

De dentro lhe responderam:

– Riem de mim? Na verdade não sou tão feia nem tão desajeitada que não possam se interessar por mim duques e condes. Isso merece quem se relaciona com criados!

Escutando estas palavras, Dom Antônio se deu conta de que não era Cornélia quem respondia. Chegou, então, Santoestêvão, o criado, e foi direto para seu quarto, encontrando Dom Antônio, que pedia que lhe trouxessem todas as chaves da casa, para ver se alguma abria aquela porta. O criado, de joelhos e com a chave na mão, lhe disse:

– A ausência dos senhores, melhor dizendo, minha ousadia, fez com que eu trouxesse uma mulher para passar estas três noites comigo. Suplico, senhor Dom Antônio de Isunça, que se meu senhor, Dom João de Gamboa, ainda não sabe do acontecido que não lhe conte, porque o farei no momento oportuno.

– E como se chama esta mulher? – perguntou Dom Antônio.

– Cornélia – respondeu o criado.

Não se sabe se por inocência ou por malícia, o criado que tinha revelado o acontecido – e que não era muito amigo de Santoestêvão – desceu até onde estavam o duque, Dom João e Lorenzo e disse:

– Bem feito para o criado! Fizeram-lhe vomitar Cornélia! Tinha-a como prisioneira, certamente esperando que os senhores demorassem mais dois ou três dias para aumentar o *gaudeamus*.

Dom Lorenzo escutou o que dizia e perguntou:

– O que você diz, cavaleiro? Onde está Cornélia?

– Lá em cima – respondeu o criado.

Mal tendo escutado o que disse, o duque, imaginando que Cornélia tinha aparecido, subiu as escadas como um raio para vê-la. Encontrou o quarto onde estava Dom Antônio, entrou e disse:

– Onde está Cornélia? Onde está a vida de minha vida?

– Estou aqui – respondeu uma mulher enrolada em um lençol e com o rosto coberto. E continuou: Valha-me Deus! Que exagero! Por acaso é novidade uma mulher dormir com um criado?

Lorenzo, que também estava presente, puxou, com raiva,

o lençol por uma ponta e descobriu uma jovem e bela mulher. Envergonhada, colocou as mãos no rosto e foi pegar seu vestido, que lhe servia de travesseiro porque a cama não o tinha. Deram-se conta de que deveria ser uma pícara das tantas que existem perdidas pelo mundo.

O duque perguntou se seu nome era Cornélia. Respondeu que sim, que tinha parentes muito honrados na cidade e que ninguém dissesse "desta água não beberei". O duque ficou tão confuso que faltou pouco para pensar que os espanhóis estavam burlando-se dele. Para não dar margem a suspeitas tão más, guardou as espadas e, sem dizer nada, seguiu Dom Lorenzo. Montaram em seus cavalos e foram embora deixando Dom Antônio e a Dom João ainda mais confusos do que eles. Decidiram, então, fazer o possível e o impossível para encontrar Cornélia e satisfazer a vontade do duque. Despediram o atrevido Santoestêvão e despacharam a pícara Cornélia. Naquele momento se lembraram que tinham esquecido de contar para o duque sobre o *agnus* e a cruz de diamantes que Cornélia lhes ofereceu. Com estes sinais acreditaria que ela tinha estado com eles e que se não estava, não era por culpa deles. Saíram para dizer-lhe isso, mas não o encontraram na casa de Lorenzo, onde imaginaram que estaria. Encontraram Lorenzo que lhes disse que o duque tinha voltado rapidamente para Ferrara com o objetivo de procurar Cornélia.

Contaram-lhe o que iam dizer e Lorenzo lhes afirmou que o duque tinha ido muito satisfeito com a conduta deles. Disse-lhes que os dois tinham atribuído o sumiço de Cornélia a seu grande medo e que Deus se encarregaria de fazê-los aparecer, porque a terra não poderia ter engolido o menino, a criada e a ela. Com estas palavras, todos ficaram mais tranquilos e não quiseram tornar público o desaparecimento de Cornélia. Preferiram procurá-la sigilosamente pois ninguém, além da sua prima, sabia de seu desaparecimento e, se soubessem, não sendo conhecida a intenção do duque, corria o perigo de sua irmã cair em um mau crédito e seria muito trabalhoso dar explicações que tais suspeitas infundissem.

O duque prosseguiu viagem e a boa sorte, que ia organizando seu destino, fez com que chegasse à aldeia do padre onde estava Cornélia, o menino, sua ama de leite e a conselheira. Elas já tinham contado tudo para o padre e pediram-lhe conselho sobre o que deveriam fazer.

O padre era grande amigo do duque e sua casa, arrumada ao rico e curioso estilo do clérigo, o recebia muitas vezes. Dali saíam para caçar. O duque gostava muito da curiosidade e discrição que o padre demonstrava em tudo o que fazia e dizia. Por isso, não se surpreendeu ao ver o duque em sua casa pois, como já se disse, não era a primeira vez que ia. Descontentou-se em vê-lo triste, porque logo percebeu que alguma paixão tinha ocupado sua alma.

Cornélia ouviu dizer que o duque de Ferrara estava ali e alterou-se profundamente, porque não sabia com que intenção vinha. Não parava de mexer as mãos e andava de um lado para o outro, como uma pessoa fora de si. Cornélia queria falar com o padre, mas ele estava atendendo o duque.

O duque disse a ele:

– Padre, hoje estou muito triste. Não quero entrar em Ferrara, mas ficar aqui como seu hóspede. Diga a todos os que me acompanham que continuem até Ferrara e que fique apenas Fábio.

O bom padre fez o que o duque lhe pediu. Em seguida, foi

explicar aos criados como deveriam agradá-lo e servi-lo. Neste momento, Cornélia pôde falar com o padre e tomando suas mãos, lhe disse:

– Ai padre e meu senhor! O que quer o duque? Pelo amor de Deus, senhor, procure saber algo sobre minha situação, procure descobrir qual é sua intenção. Que o guie, da melhor maneira, sua discrição.

Então lhe respondeu o padre:

– O duque está triste, mas até agora não me disse o motivo. Faça o seguinte: arrume muito bem o menino, ponha nele todas as joias que tem, especialmente as que ganhou do duque, e deixe o resto comigo, porque eu tenho fé que hoje vamos ter um bom dia.

Cornélia o abraçou e beijou sua mão. Retirou-se e foi arrumar o menino. O padre saiu para conversar com o duque até que chegasse a hora do almoço. Nesta conversa, perguntou-lhe se podia saber a causa de sua melancolia, porque desde uma légua dava para ver que estava triste.

– Padre – respondeu o duque, – sem dúvida as tristezas do coração se refletem no rosto; nos olhos, se lê o que está na alma, mas o pior de tudo isto é que neste momento não posso contar o motivo de minha tristeza para ninguém.

– Na verdade, senhor – respondeu o padre, – se estivesse animado para ver coisas boas, eu lhe mostraria uma, que certamente lhe causaria uma grande alegria.

– Bobo seria – respondeu o duque – quem, recebendo a oferta para o alívio de seu mal, não quisesse recebê-lo. Por minha vida, padre, me mostre isso que me diz porque deve ser uma de suas curiosidades que, para mim, são todas de bom gosto.

O padre se levantou e foi até onde estava Cornélia, que já tinha arrumado o menino e colocado nele a cruz e o *agnus*, além de três outras preciosas peças, todas elas dadas pelo duque. Pegando o menino em seus braços, o padre foi até onde estava o duque. Pediu que se levantasse e que se aproximasse da claridade da janela. Passou o menino para os braços do duque, que ficou atônito ao ver e reconhecer que aquelas eram as mesmas joias que tinha dado a Cornélia. Olhando fixamente para o menino, tinha a impressão de que olhava para seu retrato e, com muita admiração, perguntou ao padre quem era aquela criança, porque pelos seus adereços, parecia ser filho de um príncipe.

– Não sei – respondeu o padre. – O que sei é que há umas quantas noites um cavaleiro de Bolonha o trouxe e me pediu que cuidasse dele e o criasse, porque era filho de um corajoso pai e de uma nobre e belíssima mãe. Veio com o cavaleiro uma mulher para dar leite ao menino a quem perguntei se sabia alguma coisa de seus pais e me respondeu que não sabia nada. E a verdade é que se a mãe for tão bonita quanto a ama, deve ser a mais bela mulher de toda a Itália.

– Poderíamos vê-la? – perguntou o duque.

– Sim, com certeza – respondeu o padre. – Venha comigo, senhor, porque se o surpreendeu a beleza desta criança, como acho que o surpreendeu, creio que acontecerá o mesmo quando vir sua ama.

O padre quis pegar a criança, mas o duque não deixou, apertou-a em seus braços e a encheu de beijos. O padre foi um pouco à frente e disse a Cornélia que saísse para receber o duque sem medo. Assim o fez e, com o susto, ficou vermelha. A vergonha a deixou ainda mais bonita. O duque ficou surpreso ao vê-la e ela, jogando-se a seus pés, queria beijá-los. O duque, sem falar nada, deu o menino para o padre e, dando as costas, saiu rapidamente do aposento. Vendo isto, Cornélia disse ao padre:

– Ai meu senhor! E se o duque se espantou em ver-me? E se está bravo comigo? E se me achou feia? E se se esqueceu das obrigações que tem comigo? Não me dirá apenas uma palavra? Tanto se cansou do seu filho que o afastou de seus braços?

A todas estas perguntas o padre não respondeu nenhuma só palavra, admirado pela fuga do duque, porque pensou que fosse uma fuga e não outra coisa. No entanto, o duque não fez nada mais do que sair para chamar Fábio e dizer-lhe:

– Corra, Fábio, meu amigo, até Bolonha e diga para Dom Lorenzo e para os cavaleiros espanhóis, Dom João de Gamboa e Dom Antônio de Isunça, que venham o mais rápido possível para esta aldeia. Vá amigo, correndo, e não volte sem eles, porque dou minha vida por vê-los.

Sem preguiça, Fábio foi fazer o que seu senhor lhe tinha mandado.

O duque logo voltou para onde estava Cornélia, que derramava belas lágrimas. Colocou-a em seus braços e, somando lágrimas às suas lágrimas, mil vezes bebeu a hálito de sua boca. A alegria impedia que dissessem qualquer coisa e em um silêncio honesto e amoroso, se alegraram os dois felizes amantes e esposos verdadeiros.

A ama do menino e Cribela, assim dizia que se chamava a criada, que pela porta do outro aposento estiveram olhando tudo o que acontecia entre o duque e Cornélia, parecendo que tinham perdido o juízo, davam cabeçadas de alegria contra as paredes. O padre dava muitos beijos no menino, que estava em seus braços, e, com a mão direita desocupada, não se cansava de abençoar os abraçados senhores. A criada do padre, que não tinha estado presente na resolução do caso porque estava preparando a comida, quando a tinha pronta, entrou para chamá-los para que se sentassem à mesa. Isto fez com que os abraços se desfizessem e que o duque tomasse o menino dos braços do padre. Esteve com ele em seus braços durante todo o tempo que durou a, mais do que majestosa, limpa e saborosa refeição. Enquanto comiam, Cornélia contou tudo o que lhe tinha acontecido até chegar à casa do padre por recomendação da criada dos dois cavaleiros espanhóis que a tinham servido, amparado e cuidado com o mais honesto e claro respeito que se pudesse imaginar. Do mesmo modo, o duque contou tudo o que tinha acontecido com ele até aquele momento. As duas criadas também estavam presentes e receberam grandes promessas e ofertas do duque. Em todos se renovou a alegria com o feliz final do acontecido e esperavam somente a vinda de Lorenzo, de Dom João e de Dom Antônio, para a alegria ser completa. Chegaram rapidamente depois de três dias, desejando saber se o conde sabia alguma novidade sobre Cornélia, porque Fábio, que foi chamá-los, não lhes deu nenhuma notícia de seu descobrimento, pois não sabia de nada.

O duque saiu para recebê-los em uma sala anterior a que estava Cornélia e, sem demonstrar nenhuma alegria, entristeceu os recém-chegados. Fez com que se sentassem e também se sentou. Dirigindo a palavra a Lorenzo, lhe disse:

– Bem sabe, senhor Lorenzo Bentiboli, que eu jamais enganei sua irmã, e servem como testemunhas o céu e minha consciência. Também sabe do cuidado que tive em procurá-la e do desejo que tive de encontrá-la e me casar com ela, como tinha prometido. Ela desapareceu, e minha palavra não há de ser eterna. Eu sou jovem e não tão sábio nas coisas do mundo que não me deixe levar pelos prazeres que me são oferecidos a cada passo. O mesmo desejo que me fez prometer ser esposo de Cornélia, também me levou a dar, antes do que a ela, palavra de matrimônio a uma lavradora desta aldeia, a quem pensava deixar enganada para não desonrar Cornélia, não atendendo o que a consciência me pedia, mas dando-lhe grande prova de meu amor. Mas, ninguém se casa com uma mulher desaparecida, nem é lógico que alguém procure uma mulher que o abandone para encontrar aquela que não o quer. Peço que considere, senhor Lorenzo, a satisfação que lhe estou dando pela ofensa que não cometi, pois jamais tive a intenção de cometê-la, e peço também que me autorize a cumprir minha primeira palavra de casar-me com a lavradora, que já está dentro desta casa.

Enquanto o duque dizia tudo isto, o rosto de Lorenzo ia mudando de cor e não conseguia ficar sentado na cadeira, sinais claros de que a cólera ia tomando conta de todos os seus sentidos. O mesmo acontecia com Dom Antônio e Dom João, que prontamente decidiram não deixar que o duque cumprisse com sua intenção, nem que para isso fosse necessário tirar-lhe a vida. Lendo, em seus rostos, disse o duque:

–Tranquilize-se, senhor Lorenzo, porque antes de que responda a meu pedido, quero que veja a beleza da que desejo receber por esposa. É ela quem lhe obrigará a dar a permissão que eu lhe peço, porque é tal e tão grande a sua beleza que de maiores erros será desculpada.

Dito isto, levantou-se e entrou onde estava Cornélia ricamente enfeitada com todas as joias que antes tinha colocado no menino e também com muitas outras. Quando o duque deu as costas, Dom João se levantou e, colocando as duas mãos nos dois braços da cadeira onde estava sentado Lorenzo, lhe disse ao ouvido:

– Por Santiago de Galícia, senhor Lorenzo, e pela fé de cristão e de cavaleiro que tenho, deixe tanto o duque fazer o que quer, quanto a mim converter-me em mouro! Aqui, e em minhas mãos, deixará sua vida ou cumprirá com a palavra que tem dada à sua irmã, a senhora Cornélia. Que pelo menos nos dê tempo de procurá-la e até que não se saiba seguramente que está morta, que não se case!

– Eu penso a mesma coisa – respondeu Lorenzo.

– E do mesmo parecer também estará meu amigo Dom Antônio – continuou Dom João.

Nisto, entraram na sala, primeiro Cornélia, entre o padre e o duque, que segurava sua mão. Atrás deles vinham Sulpícia, a criada de Cornélia, que o duque tinha mandado a Ferrara para procurá-la, a ama de leite do menino e a criada dos cavaleiros.

Quando Lorenzo viu sua irmã, depois de conseguir reconhecê-la, porque, ao princípio, a impossibilidade de tal acontecimento não lhe deixava acreditar na verdade que via, tropeçando em seus próprios pés, se jogou nos pés do duque, que o levantou e o colocou nos braços de sua irmã e ela o abraçou com toda a demonstração de alegria que era possível. Dom João e Dom Antônio disseram que aquela tinha sido a mais discreta e saborosa burla do mundo. O duque pegou o menino, que estava no colo de Sulpícia, e entregando-o a Lorenzo, disse:

– Receba, senhor irmão, seu sobrinho e meu filho e decida se quer autorizar que eu me case com esta lavradora que foi a primeira a quem dei minha palavra de casamento.

Nunca acabaríamos se contássemos tudo o que respondeu Lorenzo, o que perguntou Dom João, o que sentiu Dom Antônio, o regozijo do padre, a alegria de Sulpícia, o contentamento da conselheira, a admiração de Fábio e, finalmente, a geral alegria de todos.

O padre casou-os, sendo Dom João de Gamboa o padrinho. Decidiram que aquele casamento ficaria em segredo, até que vissem no que dava a doença que tinha muito enferma a duquesa. Enquanto isso, Cornélia iria para Bolonha com seu irmão. Tudo foi feito desta maneira. A duquesa morreu; Cornélia entrou em Ferrara alegrando a todos os que a viam; os lutos se transformaram em galas; as criadas ficaram ricas; Sulpícia se casou com Fábio; Dom Antônio e Dom João, felicíssimos por terem servido ao duque, receberam duas primas dele como dote. Eles responderam que os cavaleiros de Viscaia habitualmente se casavam com as de sua pátria e que, não por desprezo, mas para cumprir seu costume e a vontade de seus pais, que já os deviam ter casado, não aceitavam tão ilustre oferta.

O duque acatou a desculpa e, por honestos e honrosos meios, lhes enviou muitos presentes a Bolonha. Alguns tão caros e mandados em tão boa ocasião e conjectura que, ainda que pudessem não recebê-los, para não parecer que recebiam pagamento, quando chegavam, facilitavam tudo: especialmente os que lhes enviou no tempo da partida para a Espanha e os que lhes deu quando foram até Ferrara para despedir-se dele. Nesta ocasião, encontraram Cornélia com outras duas meninas e o duque mais apaixonado do que nunca. A agora duquesa deu a cruz de diamantes para Dom João e o *agnus* para Dom Antônio, que, sem poder fazer outra coisa, aceitaram.

Chegaram à Espanha, sua terra, onde casaram com ricas, nobres e bonitas mulheres e sempre mantiveram correspondência com o duque, com a duquesa e com o senhor Lorenzo Bentiboli, para grande alegria de todos.

A Ilustre Criada

Não há muitos anos, em Burgos, cidade ilustre e famosa, viviam dois nobres e ricos cavaleiros. Um se chamava Dom Diego de Carriaço e o outro, Dom João de Avendanho. Dom Diego teve um filho e deu a ele seu nome. Dom João teve outro, a quem chamou de Tomás de Avendanho. Para economizar letras, a estes dois jovens cavaleiros, que serão os protagonistas desta história, chamaremos de Carriaço e Avendanho.

Carriaço tinha pouco mais de treze anos quando, guiado por sua inclinação pícara, por vontade e gosto próprio, sem que seus pais o tivessem tratado mal, abandonou a casa paterna e saiu mundo afora. Contente com a vida livre, que traz consigo incômodos e misérias, não sentia falta da abundância da casa de seu pai. Andar a pé não o cansava; o frio não o agredia; nem o calor o incomodava. Para ele, todos os dias do ano eram uma doce e agradável primavera. Dormia tão bem entre as palhas, como em colchões: com o mesmo prazer se deitava entra as palhas de uma hospedaria, que entre os lençóis da Holanda. Resumidamente, saiu-se tão bem como pícaro, que poderia ser professor emérito de Alfarache.

Nos três anos que demorou em aparecer e voltar para casa,

aprendeu vários jogos de azar em Madri, Toledo e Sevilha. Por ser próprio deste tipo de vida a miséria e a escassez, Carriaço demonstrava quem realmente era nas coisas que fazia: visivelmente, de mil maneiras, revelava ser bem nascido, porque era generoso e bem agradecido com seus colegas. Visitava poucas vezes as casas de Baco e, ainda que bebesse vinho, era tão pouco que nunca ficou entre aqueles que pareciam ter o rosto pintado de vermelho. O mundo viu em Carriaço um pícaro virtuoso, limpo, bem criado e mais que medianamente discreto. Passou por todos os níveis de pícaro até se graduar como mestre na pesca de atuns em Saara, onde é o *finisterrae* da picardia.

Ó pícaros de cozinha, sujos, gordos e répteis; pobres fingidos, aleijados falsos, mesquinhos da praça de Toledo e da praça de Madri, vistosos rezadeiros, carregadores de Sevilha, criados de delinquentes, toda a inumerável caterva que cabe nesta designação: *pícaro*! Diminuam a vaidade, contenham o brio, não se denominem pícaros, se não cursaram dois semestres na academia de pesca de atuns. Ali onde o principal trabalho é a preguiça! Ali está a sujeira, a gordura roliça, a fome sempre alerta, o vício sem disfarce, o jogo, as pendências, as mortes por acerto, os palavrões a cada passo, as festas como, as *seguidillas* bem dançadas, os romances com estribilhos, a poesia sem ação. Aqui se canta, ali se renega, acolá se briga. Lá vão – ou enviam – muitos nobres pais buscar seus filhos e os encontram, mas estes sentem tanto ser tirados daquela vida que é como se os levassem para a morte.

Mas toda esta doçura que eu pintei tem um algo que o amarga e é o não poder dormir em segurança, sem o temor de que em um instante os levem de Saara para Berbéria. Por isso, durante a noite se recolhem em umas torres da marinha e têm nos seus vigias e sentinelas a confiança para fechar os olhos. Já aconteceu de sentinelas, vigias, pícaros, capatazes, barcos e redes, e toda a confusão que montam ali, dormirem na Espanha e amanhecerem em Tetuán. Mas este temor não foi suficiente para que nosso Carriaço deixasse de passar três verões e muitos bons momentos ali. No último ano teve tão boa sorte, que ganhou mais ou menos setecentos reais em jogos de cartas, com os quais decidiu se arrumar, voltar para Burgos e para os olhos de sua mãe, que tinham derramado muitas lágrimas por ele. Despediu-se dos muitos e bons amigos que tinha, prometeu-lhes que no verão seguinte voltaria para encontrá-los, se doença ou morte não o impedissem. Deixou com eles a metade da sua alma e entregou todos os seus desejos àquelas areias secas, que lhe pareciam mais frescas e verdes que os Campos Elíseos. Acostumado a andar a pé, tomou o caminho que devia e sobre suas alpargatas, foi do Saara até Valladolid cantando muito feliz.

Ficou quinze dias em Valladolid para mudar a cor do rosto – da mulata para a flamenca –, para se recompor e livrar-se do borrão de pícaro e passar-se a limpo como cavaleiro. Fez tudo isso comodamente, com os quinhentos reais com os quais tinha chegado a Valladolid. Deles, reservou cem para alugar uma mula e um criado, com os quais se apresentou, honrado e contente, a seus pais. Eles o receberam com muita alegria e todos os seus amigos e parentes foram dar-lhes os parabéns pelo bom retorno de seu filho, o senhor Dom Diego de Carriaço. É preciso dizer que, durante sua peregrinação, Dom Diego mudou o sobrenome de Carriaço para Urdiales e por ele se fez chamar por todos os que não conheciam seu verdadeiro sobrenome.

Entre os que foram ver o recém-chegado estavam Dom João

de Avendanho e seu filho, Dom Tomás, com quem Carriaço, por terem a mesma idade e serem vizinhos, começou e confirmou uma grande amizade. Carriaço contou a seus pais, e a todos, longas e magníficas mentiras de fatos que teriam acontecido durante os três anos de sua ausência. No entanto, nunca falou sobre os lugares de pesca de atum, pois lá tinha seu pensamento, especialmente quando se aproximava o tempo no qual tinha prometido aos amigos que voltaria. Nem a caça com seu pai, nem os muitos, honestos e bons convites que se costumava dar naquela cidade o entretinham: todo e qualquer passatempo o cansava e mesmo os melhores eram pospostos a tudo o que tinha vivido na pesca de atum.

Avendanho, vendo-o melancólico e imaginativo, confiando em sua amizade, se atreveu a perguntar-lhe a causa e disse-lhe que, se pudesse, a remediaria com seu próprio sangue. Carriaço não quis escondê-la, para não ofender a amizade que professavam, e assim lhe contou detalhadamente a vida de pesca e de como todas suas tristezas e pensamentos nasciam do desejo que tinha de voltar a ela. Pintou-a de tal maneira que quando terminou de escutar, Avendanho, não criticou, mas elogiou seu desejo.

Tudo o que disse Carriaço despertou o interesse de Avendanho que decidiu acompanhá-lo e ir aproveitar um verão naquela feliz vida que o amigo lhe tinha descrito. Carriaço ficou muito contente, pois pensou que tinha ganho uma testemunha de valor que qualificaria sua baixa determinação. Pensaram em juntar todo o dinheiro que conseguissem e o melhor modo que encontraram foi que dali a dois meses Avendanho fosse para Salamanca, onde, por vontade própria, já tinha estado durante três anos estudando a língua grega e a latina. Como seu pai desejava que seguisse adiante e que estudasse em alguma faculdade, pensaram que do dinheiro que lhe desse teriam o suficiente para o que desejavam.

Carriaço, disse então a seu pai, que queria ir com Avendanho estudar em Salamanca. Seu pai viu o pedido com tão bons olhos que, falando com o de Avendanho, decidiram que os filhos morariam juntos, com tudo o que mereciam como herdeiros deles.

Chegou o tempo da partida; seus pais os proveram de dinheiro e enviaram com eles um preceptor que tinha mais fama de praticante da justiça que de discreto. Também os instruíram sobre o que deveriam fazer e de como deveriam conduzir suas vidas para aproveitar a virtude e as ciências, que são os frutos que todo estudante, principalmente os bem nascidos, deve pretender colher com seus trabalhos e vigílias. Os filhos se mostraram humildes e obedientes; as mães, choraram; receberam as bênçãos de todos e colocaram-se a caminho com suas mulas e com dois criados, além do preceptor, que tinha deixado crescer a barba para dar credibilidade a seu cargo.

Chegando a Valladolid, disseram ao preceptor que queriam ficar dois dias naquela cidade para conhecê-la, porque nunca tinham estado ali. Ele os criticou severa e asperamente dizendo que os que iam estudar com tanta pressa, como eles, não tinham que parar uma hora para ver bobagens, quanto mais dois dias. Disse, ainda, que pensaria se os deixaria parar um momento e que se decidisse que não, que não se discutiria mais esse assunto.

Até aqui ia a habilidade do senhor preceptor, ou mordomo, como gostaríamos de chamá-lo. Os mancebinhos, que já tinham feito sua feira, pois já tinham roubado quatrocentos escudos de ouro do preceptor, pediram que os deixasse ficar somente aquele dia, que queriam ir ver a fonte de Argales, pois começavam a conduzi-la grandes e espaçosos aquedutos. Com dor na alma, os autorizou, porque na verdade queria poupar o gasto daquela noite e fazê-lo em Valdeastillas, repartindo as dezoito léguas existentes entre Valdeastillas e Salamanca em dois dias, e não as vinte e duas que há desde Valladolid. Mas, como uma coisa pensa o cavalo e outra quem o encilha, tudo aconteceu ao contrário do que ele queria.

Os mancebos, acompanhados de um criado e montados em duas boas e caseiras mulas, saíram para ver a fonte de Argales, famosa pela sua antiguidade e por suas águas, a despeito do *Caño Dorado* e da reverenda *Priora,* com paz seja dito de *Leganitos* e da extrema fonte *Castellana*, com a qual podem competir a de *Corpa* e a de *Pizarra de la Mancha*. Chegaram a Argales e quando o criado achou que Avendanho tirava da bolsa alguma coisa para beber, viu que era uma carta lacrada. O mancebo lhe disse que voltasse para a cidade, que entregasse a carta ao preceptor e que depois disso os esperasse na Porta do Campo.

O criado obedeceu, pegou a carta e voltou para a cidade e eles mudaram o caminho e dormiram aquela noite em Mojados, dois dias depois em Madri e quatro dias depois venderam as mulas em praça pública. Teve quem as fiasse por seis escudos e os que pagaram em ouro. Vestiram-se como lavradores, com capotes, bombachas e meias de pano pardo. Venderam suas roupas pela manhã e, à noite, estavam tão diferentes que não os reconheceria a própria mãe que os pariu. Vestidos à paisana, do modo que Avendanho sabia e queria, puseram-se a caminho de Toledo *ad pedem litterae* e sem espadas, porque o comprador das roupas, ainda que não coubesse a seu ofício, também as tinha comprado.

Deixemo-los ir, por enquanto, porque vão felizes e contentes, e voltemos para contar o que o preceptor fez quando abriu e leu a carta levada pelo criado, que dizia assim:

> Vossa mercê, senhor Pedro Alonso, deve ter paciência e retornar a Burgos, onde dirá a nossos pais que nós, seus filhos, com decisão madura, considerando que as armas são mais propícias aos cavaleiros que as letras, decidimos trocar Salamanca por Bruxelas e a Espanha por Flandres. Levamos os quatrocentos escudos e pensamos vender a mula. Nossa intenção de cavaleiros e o longo caminho que temos é desculpa suficiente para nosso erro, ainda que ninguém o julgue assim senão um covarde. Partimos agora; e voltamos quando Deus quiser, que Ele o guarde é o que estes seus pequenos discípulos desejam.
>
> Da fonte de Argales, com o pé no estribo para seguir a Flandres.
>
> Carriaço e Avendanho.

Pedro Alonso ficou perplexo com o que leu na carta e pegou rapidamente sua mala. Ao encontrá-la vazia, confirmou o que estava escrito nela. Montou a mula que tinha ficado com ele e partiu ligeiro a Burgos para contar a novidade para seus amos, para que pudessem remediar a situação e alcançar seus filhos. Mas sobre estas coisas o autor desta novela não diz nada, porque, deixou montado Pedro Alonso e voltou a contar o que aconteceu com Avendanho e Carriaço na entrada de Illescas, dizendo que ao entrar na vila, encontraram dois moços cuidadores de mulas, ao parecer, andaluzes, vestidos com calças largas de pano, casacos rasgados, coletes de pele curtida, adaga de ganchos e espadas sem fio; ao que parecia, um vinha de Sevilha e o outro ia para lá. O que ia estava dizendo ao outro:

– Se os meus senhores não estivessem tão adiantados eu me deteria um pouco mais para perguntar-lhe mil coisas que desejo saber, porque fiquei muito impressionado com o que você me contou sobre o conde ter enforcado Alonso Genis e Ribera, sem querer aceitar a apelação deles.

– Pobres pecadores! – respondeu o sevilhano – enganou-os e capturou-os em sua jurisdição. Eram soldados e os acusou de contrabandear, sem que a Audiência pudesse absolvê-los. Saiba, amigo, que este conde de Puñorostro tem o Belzebu no corpo, e coloca os dedos do punho em nossa alma. Sevilha está vazia e cercada, há dez léguas, de covardes, não para nenhum ladrão em sua redondeza. Todos o temem como ao fogo, mas já se ouve que logo abandonará o cargo de Assistente, porque não tem condição de se encontrar com frequência com os senhores da Audiência.

– Que eles vivam mil anos! – disse o que ia para Sevilha –, porque são pais dos miseráveis e amparo dos desafortunados. Quantos pobres não estão mortos por causa da cólera de um juiz absoluto, de um Corregedor, ou mal informado ou bem apaixonado?! Mais veem muitos olhos do que dois: o veneno da injustiça não se apodera tão rápido de tantos corações que de um só.

– Você parece um pregador – disse o de Sevilha e do jeito que conduz a narração não terminará tão cedo e eu não posso esperar. Esta noite não vá dormir onde costuma fazê-lo, mas vá para a pousada do Sevilhano, porque lá você verá a mais bonita criada que se conhece. Marininha, a da venda Tejada, é horrível perto dela, o único que lhe digo é que o filho do Corregedor baba por ela. Um dos meus senhores jura que, voltando da Andaluzia, ficará dois meses em Toledo e nesta pousada, só para cansar-se de admirá-la. É dura como um mármore, esquiva como a vilã de Sayago, áspera como uma urtiga, mas tem um rosto agradável e jovem; em uma bochecha tem o sol e na outra a lua, uma está feita de rosas e a outra de cravos e, nas duas, há açucenas e jasmins. Não lhe digo mais nada além disso, vá vê-la e saberá que não lhe disse nada demais sobre sua beleza. Daria minhas duas mulas com toda boa vontade se em troca a recebesse por esposa; mas eu sei que não será minha, porque é joia para conde. Outra vez lhe digo que você verá. E adeus, porque vou indo.

Assim se despediram os dois cuidadores, cuja conversa tinha deixado mudos os dois amigos que a tinham escutado. A conversa afetou especialmente Avendanho, pois a simples descrição da beleza da criada feita pelo cuidador de mula, despertou-lhe o intenso desejo de vê-la. Também despertou o desejo de Carriaço, mas não de maneira que desejasse mais parar para ver as pirâmides do Egito, ou outra das sete maravilhas, do que chegar a suas pescas de atum.

Repetindo as palavras dos cuidadores e remendando o modo e os gestos com que as diziam, distraíram-se no caminho até Toledo. Sendo Carriaço o guia, porque já tinha estado naquela cidade, descendo pela rua Sangue de Cristo, encontraram a pousada do Sevilhano, mas não se atreveram a pedir hospedagem, porque seus trajes não eram adequados.

Já estava anoitecendo. Ainda que Carriaço importunasse Avendanho dizendo que fossem procurar outra pousada, não o conseguiu tirar da porta da pousada do Sevilhano, esperando para ver se aparecia a tão celebrada criada. Entrava a noite e a criada não saía, Carriaço se desesperava e Avendanho estava quieto. Para alcançar o que queria, Avendanho, com a desculpa de perguntar por uns cavaleiros de Burgos que iam para a cidade de Sevilha, entrou no pátio da pousada. Mal tinha entrado, quando viu sair de uma sala uma criada, que aparentava ter quinze anos, vestida como lavradora, com uma vela acessa em um candeeiro.

Carriaço não fixou seus olhos no traje da moça, mas em seu rosto e parecia ver nele o que costumam dizer dos anjos. Ficou paralisado com sua beleza e tal era sua paralisia e encantamento que não conseguiu perguntar-lhe nada. A moça, vendo aquele homem diante de si, lhe disse:

– O que procura? Por acaso é criado de algum dos hóspedes da casa?

– Não sou criado de mais ninguém além da senhora – respondeu Avendanho, confuso e sobressaltado.

A moça, que ouviu aquela resposta, disse:

– Vá, irmão, tranquilo, porque as que servem não precisam de criados.

E, chamando seu senhor, lhe disse:

– Veja, senhor, o que procura este rapaz.

Seu senhor saiu e perguntou o que procurava Avendanho. Ele respondeu que uns cavaleiros de Burgos que iam para Sevilha, um dos quais era seu senhor, e o tinha mandado na frente, por Alcalá de Henares, onde tinha que fazer um negócio que lhe interessava. Disse também que seu senhor tinha mandado que fosse a

Toledo e o esperasse na pousada do Sevilhano, onde descansaria. Completou, finalmente, que ele achava que seu senhor chegaria naquela noite ou, no mais tardar, no outro dia. Avendanho pintou com tão boa tinta a sua mentira que o dono da pousada a tomou por verdade e lhe disse:

– Fique na pousada, amigo. Aqui poderá esperar seu senhor até que chegue.

– Muito obrigado, senhor – respondeu Avendanho – mande que deem quarto para mim e para um companheiro que vem comigo, que está ali fora, porque temos dinheiro para pagá-lo tão bem como qualquer outra pessoa.

– Certamente – respondeu o dono da pousada.

E, dirigindo-se à moça, disse:

– Constancinha, diga a Decaída que leve estes jovens até o quarto do canto e que lhes ponha lençóis limpos.

– Assim o farei senhor – respondeu Constança, porque assim se chamava a donzela.

Fazendo uma reverência a seu amo, saiu da frente deles. Sua ausência foi para Avendanho o que costuma ser para o caminhante o cair do sol e a chegada da noite lúgubre e escura. Depois de tudo isso, saiu para contar a Carriaço tudo o que tinha visto e deixado negociado. Ele, por mil sinais, reconheceu que seu amigo estava ferido pela amorosa pestilência, mas não quis dizer nada para ele até ver se a causa deste mal merecia os extraordinários elogios e as grandes hipérboles com que exaltava a beleza de Constância.

Entraram na pousada e a Decaída, que era uma mulher de uns quarenta e cinco anos, responsável pelas camas e arrumação dos quartos, os levou a um que não era nem de cavaleiros, nem de criados, mas de gente que estava entre os dois extremos. Pediram o jantar e a Decaída lhes respondeu que naquela pousada não serviam comida para ninguém, já que cozinhavam e preparavam o que os hóspedes tinham comprado fora dali, mas que podiam jantar o que quisessem nas bodegas e pousadas de ali perto.

Aceitaram o conselho da Decaída e deram com seus corpos em uma bodega onde Carriaço jantou o que lhe serviram e Avendanho, o que tinha: pensamentos e imaginações. O pouco, ou nada, que comia Avendanho deixou surpreso Carriaço quem, para saber o que pensava seu amigo, ao voltar para a pousada, lhe disse:

– É conveniente que madruguemos amanhã, porque assim, antes de que fique muito quente já estaremos em Orgaz.

– Não concordo com isso – respondeu Avendanho – porque não penso partir desta cidade sem antes conhecer o que dizem que nela há de famoso, como o Sacrário, a criação de Juanelo, o monte de Santo Agostinho, a Horta do Rei e a Vega.

– Ótimo – respondeu Carriaço -; tudo isso pode ser visto em dois dias.

– Na verdade farei tudo isso com muita calma, porque não estamos indo a Roma ocupar uma vaga.

– Certo, certo! – respondeu Carriaço. Que me matem, amigo, se você não está com mais vontade de ficar em Toledo do que seguir nossa começada romaria.

– É verdade – respondeu Avendanho – e será tão impossível afastar-me do rosto desta donzela quanto chegar ao céu sem boas obras.

– Grande empenho – disse Carriaço – e determinação digna de um peito tão generoso quanto o seu! Bem combina um Dom

Tomás de Avendanho, filho de Dom Juan de Avendanho, (cavaleiro, o que é bom; rico, o que é suficiente; jovem, o que alegra; discreto, o que causa admiração), perdidamente apaixonado por uma criada que serve na pousada do Sevilhano!

– O mesmo me parece – respondeu Avendanho – considerar um Dom Diego de Carriaço, filho do mesmo, cujo pai é cavaleiro do hábito de Alcântara e o filho – a ponto de herdar tudo isso com sua maioridade – não menos nobre no corpo que no ânimo, e com todos estes atributos, está apaixonado, por quem? Pela rainha de Genebra? Não, claro que não, mas pela pesca de atum de Saara, que acho que é mais feia do que os pesadelos de Santo Antão.

– Estamos quites, amigo! – respondeu Carriaço – com os mesmos argumentos que o feri, você me matou. Deixemos por aqui nossa discussão, vamos dormir, amanhecerá, e nossa sorte vai melhorar.

– Olha, Carriaço, você ainda não viu Constância. Quando a vir, permito-lhe que me insulte e recrimine o quanto quiser.

– Já sei onde isto vai parar – disse Carriaço.

– Onde? – respondeu Avendanho.

– Eu irei para minha pesca e você ficará com tua criada – disse Carriaço.

– Não serei tão afortunado – disse Avendanho.

– Nem eu tão louco – respondeu Carriaço – que, seguindo seu mau gosto, deixe de alcançar o meu bom gosto.

Com esta conversa chegaram à pousada e com outras parecidas, passaram a metade da noite. Tendo dormido, ao parecer deles, pouco mais que uma hora, acordaram com o barulho de muitas flautas que soavam na rua. Sentaram-se na cama, prestando atenção. Disse Carriaço:

– Aposto que já é dia e que deve haver alguma festa no mosteiro de Nossa Senhora do Carmo que está aqui perto, por isso tocam estas flautas.

– Não é isso – respondeu Avendanho –, porque não dormimos tanto para que já seja dia.

Nisto, escutaram que alguém batia na porta do quarto e, perguntando quem era, lhes responderam de fora, dizendo:

– Jovens, se querem escutar uma boa música, levantem, vão até a sala da frente e aproximem-se de uma das janelas que dá para a rua, porque não há ninguém lá.

Os dois se levantaram e quando abriram a porta não encontraram ninguém e não souberam quem tinha dado o aviso. Como ouviram o som da harpa, acreditaram que era verdade o que tinham dito sobre a música e assim, de pijama, como estavam, foram até a sala, onde já havia três ou quatro outros hóspedes colocados nas janelas. Encontraram lugar e depois de pouco tempo, ao som da harpa e de uma viola, ouviram uma voz maravilhosa cantando este soneto, que não saiu da memória de Avendanho:

Raro, humilde sujeito, que levantas[1]
a tão excelsa altura a beleza
que nela se excedeu a natureza
a ela mesma e ao céu ultrapassas,

se falas, se ris ou se cantas,
se demonstras mansidão ou aspereza
(efeito somente de tua gentileza)
as potências da alma nos encantas.

[1] Para a versão original dos versos consulte o final da novela.

Para que possa ser mais conhecida
a inigualável beleza que possuis
e a alta honestidade que ostentas

deixe-o servir porque deves ser servida
por todos os que veem suas mãos e suas faces
resplandecerem por cetros e coroas.

Não foi preciso que ninguém lhes dissesse que aquela música era para Constância, pois o tinha revelado claramente o soneto, que soou de tal modo aos ouvidos de Avendanho que lhe pareceria melhor ter nascido e permanecer surdo todos os dias de sua vida que tê-lo escutado. Naquele momento seu coração foi transpassado pela rigorosa lança dos ciúmes e o pior é que não sabia de quem devia ou poderia tê-los. Logo o tirou da dúvida um dos que estavam na janela, que disse:

– Que simples é o filho do Corregedor que anda dando músicas para uma criada...! É verdade que ela é uma das mais bonitas moças que eu já vi – e já vi muitas – mas nem por isso deveria pretendê-la tão publicamente.

Disse outro que também estava na janela:

– A verdade é que eu escutei dizer que ela não lhe dá a mínima atenção. Aposto que agora está dormindo pesado, atrás da cama de sua ama, onde dizem que dorme, sem se lembrar de músicas nem de canções.

– Isto é verdade – replicou o outro –, porque é a donzela mais honesta que se conhece. E isto é surpreendente porque, estando nesta casa de tanto movimento, onde cada dia tem gente nova, andando por todos os aposentos, não se conhece dela o menor erro do mundo.

Tendo escutado isto, Avendanho voltou a respirar e tomou fôlego para poder escutar as muitas outras coisas que os músicos cantaram, ao som de diversos instrumentos, todas elas dirigidas a Constância que, como disse o hóspede, dormia tranquilamente.

Quando estava amanhecendo, os músicos foram embora, despedindo-se com as flautas. Avendanho e Carriaço voltaram para o quarto, onde dormiram o que puderam até a manhã. Levantaram-se os dois, ambos com o desejo de ver Constância; mas, o desejo de um era o de curioso e o do outro, de apaixonado. Constância satisfez aos dois, saindo da sala de seu amo tão bonita que acharam que todos os elogios que lhe tinha dado o criado de mulas eram poucos e de nenhum encarecimento.

Vestia uma saia e um corpete de pano verde, e as barras estavam feitas com o mesmo tecido. O corpete era baixo, mas a camisa era alta, ajustada ao pescoço com um lenço bordado em seda preta - como se fosse uma gargantilha de azeviche colocada sobre um pedaço de uma coluna de alabastro, de tão branca que era sua garganta – e ajustada com um cordão de São Francisco e, do lado direito, um grande molho de chaves. Não usava chinelos, mas sapatos de sola coloridos e umas meias, também coloridas, que não apareciam senão quando vistas de lado. Estava com o cabelo trançado com umas fitas brancas de fio de seda, a trança era tão comprida que passava da cintura. A cor saía do castanho e chegava ao loiro e o cabelo parecia tão limpo, tão arrumado e penteado que a nenhum, ainda que fossem de fios de ouro, poderia ser comparado. De suas orelhas pendiam duas bolinhas de vidro que pareciam pérolas e os cabelos lhe serviam de véu.

Quando saiu da sala, fez uma profunda reverência a uma imagem de Nossa Senhora que estava pendurada em uma das paredes do pátio, fez o sinal da cruz e se benzeu com muita devoção e calma. Levantando os olhos, viu que os dois a estavam olhando e, mal tendo visto isto, se retirou e voltou a entrar na sala, de onde gritou que Decaída se levantasse.

É preciso dizer agora o que Carriaço achou da beleza de Constância, porque o que pensou Avendanho já foi dito quando a viu pela primeira vez. Não digo nada mais que Carriaço a achou tão bonita quanto seu amigo, mas se apaixonou muito menos. Tão menos que não queria anoitecer na pousada, mas partir logo para sua pesca de atuns.

Nisto, com os gritos de Constância, saiu aos corredores Decaída, acompanhada de duas outras mocetonas, das quais se diz que são galegas, também criadas da casa. A pousada do Sevilhano requeria tantas criadas porque é procurada por muita gente e também é uma das melhores e mais frequentadas de Toledo. Apareceram também os criados dos hóspedes pedindo cevada. Para dar-lhes o que pediam, saiu o dono da casa, maldizendo suas criadas porque, por causa delas, tinha ido embora o criado que costumava dar a cevada com boa conta e razão, sem que lhe tivesse faltado, a seu parecer, um só grão. Ouvindo isso, disse Avendanho:

– Não se incomode, senhor, me dê o livro de contas que nos dias em que eu estiver aqui eu as terei tão acertadas, dando a quantidade certa de cevada e palha que pedirem, que o senhor não sentirá falta do moço que se foi.

– Agradeço-lhe de verdade, rapaz – respondeu o dono da pousada –, porque eu não posso cuidar disso, já que tenho outras muitas coisas a fazer fora de casa. Desça, eu lhe darei o livro e fique atento com estes cuidadores de mulas que são como o diabo e fazem muitas trapaças com a palha e a cevada.

Avendanho desceu para o pátio, o senhor lhe entregou o livro e ele começou a vender grãos como água e a organizá-los de tão boa maneira que o dono da pensão, que estava vendo tudo isso, ficou tão contente que disse:

– Quisera Deus que seu amo não viesse e que você quisesse ficar nesta casa, com a certeza de que sua sorte mudaria. O moço que foi embora veio para esta casa, há uns oito meses, mal vestido e fraco e agora tem dois pares de roupas muito boas e está tão gordo como uma nútria. Quero que você saiba, filho, que nesta casa, além dos salários, há muitos outros benefícios.

– Se eu ficasse – respondeu Avendanho – não me importaria muito com a ganância, porque me contentaria com qualquer coisa para poder ficar nesta cidade, que me dizem que é a melhor da Espanha.

– Pelo menos – respondeu o dono da pousada – é uma das melhores e mais abundantes que há. Outra coisa nos falta agora, e é procurar alguém que vá buscar água no rio, porque também foi embora o outro moço que, com um asno famoso que tenho, tinha as tijelas transbordando e a casa feita um lago. Uma das causas pelas quais os cuidadores de mulas trazem seus amos para minha pousada é pela abundância de água que sempre encontram nela, porque assim não precisam levar seus animais ao rio, pois dentro de casa bebem em grandes barris.

Carriaço estava ouvindo tudo o que Avendanho dizia e, vendo que ele já estava acomodado e com emprego na casa, não quis ficar atrás. Além disso, considerou a grande alegria que daria a seu amigo seguindo sua decisão. Disse, então, ao dono da pousada:

– Que venha o asno, senhor, que saberei encilhá-lo e carregá-lo tão bem, como meu amigo anota no livro sua mercadoria.

– Sim – disse Avendanho – meu amigo Lope Asturiano se encarregará de trazer água como um príncipe, eu garanto.

A Decaída, que estava no corredor prestando atenção a tudo o que era dito, ao ouvir Avendanho dizer que se responsabilizava pelo amigo, disse:

– Diga-me, bom moço, e quem se responsabiliza por você? Na verdade, acho que precisa se responsabilizar mais do que ser responsabilizado.

– Quieta, Decaída – disse o dono da pousada –, não se meta onde não é chamada. Eu me responsabilizo pelos dois e, por suas vidas, nada de briga com os moços, porque por causa de vocês, todos vão embora.

– O quê? – disse outra moça – Ficam aqui em casa estes jovens? Juro que eu não confiaria a nenhum deles nem minha bota de vinho.

– Deixe de grosserias, senhora Galega, – respondeu o dono da pousada – faça seu trabalho e não se meta com os moços, que eu o moerei a pauladas.

– Claro que sim! – respondeu a Galega – Olhe que joias para invejar! A verdade é que o senhor meu amo nunca me viu tão brincalhona com os moços da casa, nem com os de fora, para me ter em tão mau pensamento: eles são astutos e vão embora quando têm vontade, sem que nós lhes demos motivo. Boas pessoas são, certamente, as que abandonam seus amos quando estes menos esperam!

– Você fala muito, Galega – respondeu seu amo –, feche a boca e vá cumprir com suas obrigações.

Nisto, Carriaço já tinha encilhado o asno. Subindo com um só pulo, foi para o rio, deixando Avendanho muito alegre pela sua valente decisão.

E aqui temos a Avendanho como criado da pousada, com o nome de Tomás Pedro, porque assim disse que se chamava e a Carriaço, com o nome de Lope Asturiano, como aguador: transformações dignas de antepor-se às do narigudo poeta.

A Decaída entendeu com dificuldade que os dois ficariam na casa, logo marcou o Asturiano por seu e determinou-se a conquistá-lo. Mesmo que ele fosse esquivo e distante, o faria mais macio que uma luva. O mesmo discurso fez a Galega melindrosa sobre Avendanho. Como as duas, por trato e por dormirem juntas, eram grandes amigas, rapidamente declararam suas intenções amorosas e, desde aquela noite, decidiram iniciar a conquista de seus dois desapaixonados amantes. Do primeiro que se deram conta foi que deveriam pedir-lhes que não sentissem ciúmes das coisas que as vissem fazer, porque mal poderiam presentear aos de dentro, se não cobrassem dos de fora da casa. "Quietos, irmãos – diziam elas (como se eles estivessem presentes e fossem seus verdadeiros mancebos e amancebados)–; fiquem quietos e tapem os olhos e deixem que quem sabe toque o pandeiro e que guie a dança quem entende dela e não haverá canônico nesta cidade que receba mais tributos que vocês".

Estes e outros argumentos deste conteúdo e propriedade diziam a Galega e a Decaída. Enquanto isso, nosso bom Lope caminhava, indo para o rio, pela costa do Carmo, com os pensamentos em suas pescas de atum e na súbita transformação de seu estado. Fosse por isso, ou porque a sorte assim o desejava, em um caminho estreito, ao descer da costa, seu asno bateu no de um aguador que subia carregado. Como ele descia e seu asno era forte, bem disposto e pouco trabalhado, a batida fez com que o cansado e fraco que subia caísse ao chão. Os cântaros quebraram e derramou-se toda a água, para desgraça do aguador antigo, despeitado e cheio de cólera. Ele arremeteu contra o aguador moderno, que ainda era cavaleiro, e antes que conseguisse descer da mula, já lhe tinha batido e acertado uma dezena de pauladas que não caíram bem ao Asturiano.

Conseguiu descer do asno, com muita raiva arremeteu contra seu inimigo e, com as duas mãos na garganta, derrubou-o no chão. Sobre uma pedra deu tamanho golpe em sua cabeça, que a abriu em duas partes, saindo tanto sangue que o Asturiano pensou que tivesse morrido.

Outros muitos aguadores que vinham por ali, vendo seu companheiro caído, arremeteram contra Lope, segurando-o com força e gritando:

– Justiça! Justiça! Este aguador matou um homem.

E entre estes argumentos e gritos, o moíam a bofetadas e pauladas. Enquanto isso, outros foram socorrer o caído. Viram que tinha a cabeça aberta e quase expirava. A notícia foi passando de boca em boca, subindo costa acima e, na praça do Carmo, caiu nos ouvidos de um soldado, quem, com dois cabos, com mais rapidez de que se voasse, chegou ao lugar da briga no momento em que o ferido já estava atravessado sob seu asno; o de Lope, preso e Lope rodeado por mais de vinte aguadores, vingadores da injúria alheia, que não deixavam que ele se mexesse. Feriam-lhe a costela, conforme mexiam os punhos e as varas, de modo que mais se podia temer por sua vida que pela do ferido.

Chegou o soldado, afastou as pessoas, entregou o Asturiano

para os cabos. Guiando o asno do Asturiano e o ferido sobre seu asno, levou-os para a prisão, seguido de tanta gente que mal podia andar pelas ruas.

Ouvindo os rumores das pessoas, Tomás Pedro e seu amo saíram à porta da pousada, para ver o porquê de tanta gritaria. Viram Lope entre os dois cabos, cheio de sangue no rosto e na boca. O dono da pousada também viu seu asno sendo levado por outro cabo, que tinha se juntado ao grupo. Perguntou o motivo daquelas prisões e responderam-lhe a verdade do acontecido. Lamentou pelo asno, temendo perdê-lo ou ter que pagar mais do que valia para tê-lo de volta.

Tomás Pedro seguiu seu amigo, sem conseguir dizer-lhe uma só palavra, tantos eram os que lhe impediam e o cuidado dos cabos e do soldado que o levavam. Não o deixou até ver que o colocavam na prisão, e em um calabouço com dois pares de grilhões. Colocaram o ferido na enfermaria, onde o médico disse que a ferida era muito perigosa.

O soldado levou para sua casa os dois asnos e mais cinco reais – dos oito – que os cabos tinham tirado de Lope.

Tomás voltou para a pousada, confuso e triste. Encontrou o que já considerava seu amo, não menos transtornado que ele. Contou-lhe a situação na qual tinha ficado seu amigo, do perigo de morte que corria o ferido e do que tinha acontecido com o asno. Disse-lhe mais: que sua desgraça tinha se somado outra e era a de que um grande amigo de seu senhor tinha-o encontrado no caminho e lhe tinha dito que seu senhor, indo com muita pressa e para economizar duas léguas do caminho, tinha saído de Madri direto a Aceca e que naquela noite dormiria em Orgaz. Disse também que lhe tinha mandado doze escudos, com a ordem de que fosse para Sevilha, onde o esperava.

– Mas não pode ser assim – acrescentou Tomás – pois não é certo deixar meu amigo e companheiro na prisão e correndo perigo. Meu amo poderá me perdoar, porque ele é tão bom e honrado, que entenderá a falta que eu lhe faço por não faltar a meu companheiro. Vossa Mercê, senhor amo, pegue este dinheiro. Enquanto este se gasta, escreverei para meu senhor e contarei o acontecido. Sei que me enviará dinheiro suficiente para livrar-nos de qualquer perigo.

O dono da pousada estalou os olhos, alegre de ver que, pelo menos em parte, supria a perda do asno. Pegou o dinheiro e consolou Tomás dizendo-lhe que conhecia pessoas em Toledo que tinham muito boa relação com a justiça: especialmente uma monja, parenta do Corregedor. Contou que uma lavadeira do mosteiro desta monja tinha uma filha que era grande amiga de uma irmã de um frei muito conhecido do confessor de dita monja e que esta mesma lavadeira lavava a roupa da pousada. "E se esta pede à sua filha que fale com a irmã do frei, que fale com seu irmão, que fale com o confessor e o confessor com a monja e que a monja entregue o bilhete (o que será fácil) para o Corregedor, no qual lhe peça encarecidamente que interceda pela situação de Tomás, sem dúvida nenhuma, tudo dará certo. E será assim com tal que o aguador não morra e que não falte dinheiro para subornar todos os ministros da justiça, porque se não estão bem remunerados, gemem mais do que carretas de bois".

Tomás achou engraçado o oferecimento feito por seu amo, também os infinitos e confusos caminhos por onde tinha ido. Ainda que Tomás soubesse que o tinha feito mais por astúcia do que por bondade, agradeceu-lhe suas palavras e lhe entregou o dinheiro, com a promessa de que conseguiria mais, porque ele confiava em seu senhor, como já tinha dito.

A Decaída, que viu seu novo amante acorrentado, foi correndo à prisão para levar-lhe alguma coisa de comer. Não deixaram que ela o visse, voltou ressentida e triste, mas nem por isso desistiu de seu propósito.

Resumindo, depois de quinze dias o ferido já estava fora de perigo e aos vinte e dois dias o cirurgião declarou que estava completamente curado. Neste tempo, Tomás fingiu receber cinquenta escudos de Sevilha – na verdade eram seus – e os entregou ao dono da pousada com cartas falsas, fingindo que era seu amo. Como o dono da pousada não se preocupava em averiguar a veracidade daquela correspondência, pegou o dinheiro, que, sendo escudos de ouro, muito lhe agradou.

Por seis ducados o ferido se retirou da briga; em dez, no asno e nos gastos, sentenciaram o Asturiano. Saiu da prisão, mas não quis voltar para onde estava seu companheiro, explicando-lhe que nos dias em que esteve preso, a Decaída o tinha ido visitar e o queria como amante. Para ele coisa tão incômoda e chata que preferia ser enforcado do que corresponder ao desejo de fêmea tão ruim. O que pensava fazer era, já que o amigo estava determinado a seguir com seu propósito, comprar um asno e dedicar-se ao ofício de aguador enquanto estivessem em Toledo, porque, com aquele trabalho, não seria julgado, nem preso como vagabundo. Além disso, com uma só carga de água, podia andar todo o dia pela cidade vendo besteiras.

– Mais fácil você ver belas do que bobas nesta cidade, que

tem a fama de reunir as mulheres mais discretas da Espanha. Dizem que a discrição delas anda a par com a beleza. Veja por Constancinha, as sobras de sua beleza podem enriquecer não só as belas dessa cidade, mas as de todo o mundo.

– Devagar, senhor Tomás – respondeu Lope –; se não quer que o tome por louco ou por herege, vá devagar com estes elogios para a senhora criada.

– Você chamou Constância de criada, irmão Lope? – respondeu Tomás. – Deus lhe perdoe e lhe traga à consciência seu equívoco.

– Mas... não é criada? – respondeu o Asturiano.

– Até agora não a vi esfregar o primeiro prato.

– Não importa – disse Lope – se não viu esfregar o primeiro, mas viu o segundo e o centésimo.

– Eu lhe digo, irmão – respondeu Tomás – que ela não esfrega, nem entende de outra coisa a não ser de seu trabalho que é cuidar da prataria que há na casa, que é muita.

– Mas então – disse Lope –, por que a chamam de *a criada ilustre* se não esfrega? Deve ser porque, como esfrega prata, e não louça, a chamam de *ilustre*. Mas, deixando isso de lado, diga-me, Tomás: como andam suas esperanças?

– Na perdição – respondeu Tomás – porque, todos estes dias em que você esteve preso, não consegui dizer-lhe uma só palavra. Às muitas que os hóspedes lhe dizem, não responde de outra maneira senão abaixando os olhos e mantendo os lábios fechados, tamanha é sua honestidade e recato, e não menos apaixona com seu recolhimento que com sua beleza. O que me tem no limite de minha paciência é saber que o filho do Corregedor, que é rapaz brioso e um pouco atrevido, morre por ela e a solicita com músicas. Poucas noites passa sem que cante e tão descaradamente que a nomeia e enaltece. Mas ela não as escuta, pois, desde que anoitece até o amanhecer não sai do quarto de sua ama, escudo que não deixa que a flecha do ciúme me transpasse o coração.

– E o que pensa fazer com o difícil que tem sido a conquista desta Pórcia, desta Minerva e desta nova Penélope, que na figura de uma donzela, criada, o apaixona, o acovarda e o desvanece?

– Burle-se de mim o quanto quiser, amigo Lope, porque eu sei que estou apaixonado pelo mais bonito rosto que a natureza pôde fazer e da mais incomparável honestidade que agora existe no mundo. Seu nome é Constância, não Pórcia, Minerva ou Penélope. Ela trabalha em uma pousada, não nego, mas o que posso fazer se o destino com uma força oculta me inclina a escolhê-la e adorá-la? Amigo, não sei como explicar – continuou Tomás – a maneira como o amor encobre a tão baixa situação dessa criada, que vendo-a, não a vejo e conhecendo-a, a desconheço. Não consigo, mesmo tentando, passar pouco tempo contemplando-a, se assim se pode dizer, na baixeza de seu estado, porque logo sua beleza, seu donaire, seu sossego, sua honestidade e seu recolhimento apagam tudo e me dão a entender que, debaixo daquela rústica casca, deve haver presa e escondida alguma mina de grande valor e grande merecimento. Finalmente, eu a quero bem. Não com aquele amor vulgar com o que quis a outras, mas com um amor tão puro que não deseja mais do que servi-la e esperar que ela me queira, pagando-me com honesta vontade o que à minha, também honesta, se deve.

Neste momento o Asturiano deu um grande grito e, exclamando, disse:

– Ó amor platônico! Ó ilustre criada! Ó felicíssimos tempos os nossos, nos quais vemos que a beleza apaixona sem malícia; a honestidade ascende sem que se queime; o donaire alegra sem incitar; a baixeza do estado humilde obriga que a elevem sobre a roda que chamam da Fortuna! Ó pobres atuns meus que ficarão este ano sem a visita deste apaixonado! Mas no ano que vem me corrigirei, para que não se queixem de mim os maiorais de minhas desejadas pescas.

Então, disse Tomás:

– Já vejo, Asturiano, que burla de mim descaradamente. O que você poderia fazer é ir para sua pescaria, porque eu ficarei em minha caça e aqui você me encontrará na volta. Se quiser levar sua parte do dinheiro, logo lhe entrego. Vá em paz e que cada um siga o caminho pelo qual seu destino o guiar.

– Achava que você era mais moderado – respondeu Lope –, não vê que eu estou brincando? Como sei que você fala sério, seriamente o seguirei em tudo aquilo que for do seu agrado. Só lhe peço uma coisa em recompensa das muitas que penso fazer por você: não me ponha em nenhuma situação na qual a Decaída possa me adular e pretender, porque prefiro romper com a amizade que tenho com você do que colocar-me em perigo de ter a amizade dela. Por Deus, amigo, fala mais do que um relator e seu hálito fede a resto de vinho a uma légua: todos os dentes de cima são postiços e tenho para mim que os cabelos são peruca. Para disfarçar e encobrir tudo o que lhe falta, depois que me revelou seu mau pensamento, começou a passar pó e assim maquia o rosto que mais parece uma máscara de gesso puro.

– Tudo isto é verdade – respondeu Tomás – e não é tão má a Galega que me martiriza. O que você pode fazer é passar esta noite na pousada. Amanhã você compra o asno e procura um lugar onde ficar. Assim escapa dos encontros com a Decaída e eu ficarei aguentando a Galega e os irreparáveis encontros com os olhos de minha Constância.

Concordaram com isto os dois amigos e foram para a pousada onde a Decaída recebeu o Asturiano com muitas demonstrações de amor. Naquela noite houve um baile na porta da pousada, com os cuidadores de mulas que ali e que em outras pousadas próximas estavam. O Asturiano tocou violão; as bailarinas, além das duas galegas e da Decaída, foram outras três moças de outra pousada. Vieram muitos disfarçados, com mais vontade de ver Constância que o baile, mas ela não apareceu nem saiu para vê-lo e com isso deixou muitos desejos enganados.

Lope tocava o violão de um jeito que diziam que o fazia falar. As moças lhe pediram – e a Decaída com mais insistência – que cantasse algum romance. Ele respondeu que, se elas dançassem como nas comédias, cantaria e, para que não errassem, fizessem tudo aquilo que ele dissesse cantando, e não outra coisa.

Entre os cuidadores de mulas havia alguns que dançavam e formaram pares exatos com as moças. Lope limpou o peito, cuspiu duas vezes e neste tempo pensou o que diria. Como era de rápido, fácil e bonito pensamento, com uma felicíssima fluidez, de improviso, começou a cantar desta maneira:

Saia a formosa Decaída
moça uma vez, e não mais;

e, fazendo uma reverência
dê dois passos para trás.
Pela mão a arrebate
o que chamam Barrabás:
andaluz cuidador de mulas,
canônico do compasso.
Das duas moças galegas
que nesta pousada estão,
saia a de cara mais gorda
em corpo e sem avental.
Agarre-a Torote,
e todos os quatro
com mudanças e movimentos
deem início a um contrapasso.

Tudo o que o Asturiano cantava, eles iam fazendo, mas quando disse que começassem um contrapasso, Barrabás respondeu que assim ofendia ao bailarino cuidador de mulas:

– Irmão músico, veja o que canta e não chame ninguém de mal vestido, porque aqui não há ninguém com trapos e cada um se veste conforme a ajuda de Deus.

O dono da pousada, que ouviu a ignorância do criado, lhe disse:

– Irmão criado, *contrapasso* é uma dança estrangeira e não um nome para os mal vestidos.

– Se é isto – respondeu o criado – não há porque nos metermos em confusão: prossigam o baile e o disponham como quiserem, porque aqui há pessoas que dançaram até cansar.

O Asturiano, sem responder a nenhuma palavra, continuou seu canto dizendo:

Entrem, pois, todas as ninfas
e os ninfos que entrarão
que o baile da chacona
é mais longo que o mar.
Peguem as castanholas
e baixem para esfregar
as mãos por esta areia
ou terra do muladar .
Todos o fizeram muito bem,
não tenho o que os arrumar;
benzam-se e deem ao diabo
duas figas de seu figueiral.
Cuspam ao filho da puta
para que nos deixe folgar,
já que da chacona
não costuma se afastar.
Mudo o assunto, divina Decaída,
mais bela que um hospital;
pois és minha nova musa,
seu favor me queira dar.
O baile da chacona
Encerra a vida boa.
Encontre-se ali o exercício
que a saúde acomoda,
sacudindo os membros
a preguiça preguiçosa.
Ferva o sorriso no peito
de quem dança e de quem toca,
do que vê e do que escuta

baile e música sonora.
Movem-se inquietos os pés,
derrete-se a pessoa
e para alegria dos seus donos
os calçados se rompem.
O brio e a ligeireza
nos velhos se renova,
e nos jovens se engrandece
e extremadamente se entoa.
Que o baile da chacona
encerra a vida boa.

Quantas vezes não tentou
esta nobre senhora,
com a alegre zarabanda,
o pésame e perra mora,
entrar pelos resquícios
das casas religiosas
a inquietar a honestidade
que nas santas celas mora!
Quantas foi recriminada
pelos mesmos que a adoram!
Porque imagina o lascivo
e ao que é néscio adora
que o baile da chacona
encerra a vida boa.
Esta indiana amulatada,
de quem a fama apregoa
que cometeu mais sacrilégios

e insultos que Aroba;
esta a quem é tributada
a origem das criadas,
a caterva dos criados
e os lacaios das tropas,
diz, jura e não desfaz,
que, apesar da pessoa
do soberbo zambapalo
ela é a flor da panela
e que sozinha a chacona
encerra a vida boa.

Enquanto Lope cantava, chegavam a doze os cuidadores de mulas e as criadas que dançavam. Quando Lope se preparava para passar a cantar outra coisa de mais tom, substância e consideração que as até então cantadas, um dos muitos encapuzados que olhavam o baile, sem tirar o capuz, disse:

– Cale-se, bêbado! Cale-se, pelego! Cale-se, poeta de velho, músico falso!

Depois disso, aproximaram-se outros, dizendo-lhe tantas injúrias, que Lope achou melhor calar-se. Os cuidadores de mulas ficaram tão bravos com os comentários que, se não fosse pelo dono da pousada, que com bons argumentos os acalmou, ali se teria armado uma guerra. E mesmo com as palavras do dono da pousada, não deixariam de movimentar as mãos se naquele instante não chegasse a justiça e fizesse que todos se recolhessem.

Mal tinham se retirado quando chegou ao ouvido de todos os que no bairro estavam acordados a voz de um homem, sentado em uma pedra, na frente da pousada do Sevilhano. Cantava com tão maravilhosa e suave harmonia, que os deixou surpresos e obrigou-os a escutá-lo até o fim. O que ficou mais atento foi Tomás Pedro, a quem mais interessava, não só escutar a música, mas entender a letra, que para ele não era ouvir música, mas carta de excomunhão que lhe entristecia a alma, porque o que o músico cantou foi este romance:

Onde estás que não apareces,
esfera da formosura
beleza da vida humana
de divina compostura?
Céu divino, onde o amor
tem sua estada segura;
primeira criatura, que arrebata
detrás de si toda a ventura;
lugar cristalino, onde
transparentes águas puras
esfriam de amor as chamas,
as aumentam e purificam;
novo bonito firmamento
onde duas estrelas juntas,
sem pegar a luz emprestada,
ao céu e ao chão iluminam;
alegria que se opõe
às tristezas confusas
do pai que dá a seus filhos
no seu ventre sepultura;
humildade que resiste
a grandeza com que encobrem

o grande Jove, a quem influi
sua benignidade, que é muita.
Rede invisível e sutil,
que coloca em prisões duras
adúltero guerreiro
que das batalhas triunfa;
quarto céu e sol segundo,
que o primeiro deixa às escuras
quando deixa de ser visto:
porque o vê-lo é caso e ventura;
grave embaixador, que falas
com tão estranha prudência,
que persuades calando,
ainda mais do que procuras;
do segundo céu tens
não mais que a beleza
e do primeiro, não mais
que o resplendor da lua;
esta esfera és, Constância,
colocada, por pouca fortuna,
em lugar que, por indigno,
suas venturas deslumbra.
Fabrique sua sorte
consentindo que se reduza
a inteireza a trato, ao uso,
a esquivar-se à brandura.
Com isto verás, senhora,
que invejam vossa fortuna
as soberbas por linhagem;

as grandes por beleza.
Se queres encurtar caminho,
a mais rica e a mais pura
vontade em mim lhe ofereço
que não viu amor em alma alguma.

Ao terminar estes últimos versos, chegaram voando dois meio azulejos que, se tivessem batido, como bateram nos pés do músico, no meio de sua cabeça, facilmente lhe tirariam do casco a música e a poesia. O coitado se assustou e saiu correndo costa acima com tanta pressa que não o alcançaria um cachorro. Triste condição dos músicos, morcegos, corujas, sempre sujeitos a semelhantes chuvas e desgraças!

Todos os que escutaram a voz do apedrejado, gostaram; mas quem mais gostou foi Tomás Pedro, que admirou a voz e o romance, mas quisera que de outra Constância nascesse a motivação para tantas músicas. Barrabás foi contrário a este parecer. O cuidador de mulas, que também estava atento à música, disse assim que viu o músico fugir:

– Vá, mentecapto, trovador de Judas, que as pulgas lhe comam os olhos! E quem lhe ensinou a cantar a uma criada coisas de esferas e de céus, chamando-a lua, marte e roda da Fortuna? Disse-a em uma má hora para si e para quem gostou de sua trova que é rígida como um aspargo, arrogante como uma plumagem, branca como o leite, honesta como um frei noviço, melindrosa e intratável como uma mula de aluguel e mais dura que um pedaço de argamassa. Se tivesse dito assim, ela o entenderia e se alegraria, mas chamar embaixador, rede, criatura, alteza e baixeza, cabe mais a um menino órfão da igreja que a uma criada. Verdadeiramente há no mundo poetas que escrevem trovas que não há diabo que as entenda. Eu, apesar de ser Barrabás, estas que este músico cantou, não entendo de jeito nenhum. Vejam o que fará Constancinha! Ela faz o melhor, na cama burlando o Preste João das Índias. Este músico não é um dos do filho do Corregedor, porque aqueles são muitos e, uma vez ou outra, se fazem entender, mas este me deixou moído!

Todos os que escutaram Barrabás receberam suas palavras com alegria e consideraram sua censura e parecer acertados.

Com isto, todos se deitaram. Mal tinham se acalmado as pessoas quando Lope escutou baterem na sua porta bem devagar. Perguntando quem batia, responderam-lhe com voz baixa:

– A Decaída e a Galega: abra-nos que morremos de frio.

– Mas estamos na metade dos caniculares – respondeu Lope.

– Deixe de graça, Lope – respondeu a Galega –; levante-se e abra, que viemos como umas arquiduquesas.

– Arquiduquesas e a esta hora? – respondeu Lope – Não acredito. Acho que vocês são umas bruxas ou umas grandíssimas pícaras: saiam daqui de uma vez, senão, juro pela vida de..., que se me levanto, com minha cinta deixarei suas nádegas como amapolas.

Elas, que ouviram resposta tão severa e tão contrária a que imaginavam, temeram a fúria do Asturiano. Perdidas as esperanças e apagados os desejos, voltaram tristes e malsucedidas a seus leitos, ainda que, antes de afastar-se da porta, a Decaída tinha dito, pondo o focinho pelo buraco da chave:

– O mel não é para a boca do asno.

E assim, como se tivesse proferido uma grande sentença e

feito uma justa vingança, voltou, como já se disse, para sua triste cama.

Lope, percebendo que tinham ido, disse a Tomás Pedro, que estava acordado:

– Olhe Tomás: ponha-me para brigar com dois gigantes e em situação que tenha que matar meia ou uma dezena de leões, que eu o farei com mais facilidade do que beber uma taça de vinho, mas não consentirei que me coloque em situação em que tenha que enfrentar a Decaída sem armas. Veja as donzelas da Dinamarca que a sorte nos ofereceu esta noite! Bem, amanhã é outro dia.

– Já lhe disse, amigo – respondeu Tomás – que pode fazer o que quiser, siga sua romaria ou compra o asno e trabalha de aguador, como tinha pensado.

– Aguador serei – respondeu Lope. – Durmamos o pouco que resta para chegar o dia, porque tenho a cabeça maior do que uma bacia e não estou com vontade de discutir com você agora .

Dormiram; amanheceu o dia, se levantaram. Tomás foi entregar a cevada e Lope foi ao mercado dos animais, que estava ali perto, para comprar um asno que fosse bom.

Aconteceu que Tomás, levado pelos seus pensamentos e pela comodidade que lhe proporcionava a solidão depois do almoço, tinha composto alguns versos amorosos e os tinha escrito no mesmo livro no qual registrava as contas da cevada, com a intenção de passá-los a limpo e rasgar ou apagar aquelas folhas. Mas, antes que o fizesse, estando fora de casa e tendo deixado o caderno em cima da caixa de cevada, seu amo o pegou e, abrindo-o para ver como estavam as contas, encontrou os versos que, depois de lidos, o confundiram e sobressaltaram.

Levou-os para sua mulher e, antes que ela os lesse, chamou Constância. Com muita insistência, misturada com ameaça, pediu que lhe dissesse se Tomás Pedro, o moço da cevada, tinha-lhe dito alguma coisa ou alguma palavra que desse indício de estar apaixonado por ela. Constância jurou que a primeira palavra, naquela ou em outra matéria, estava ainda por ser dita e que jamais, nem sequer com os olhos, lhe tinha dado demonstração de algum mau pensamento.

Seus amos acreditaram nela porque estavam acostumados a que sempre falava a verdade em tudo o que lhe perguntavam. Disseram que podia sair e, então, o dono da pousada disse à sua mulher:

– Não sei o que me dirá disso. Deve saber senhora, que Tomás escreveu, neste livro da cevada, uns versos que parecem revelar sua paixão por Constancinha.

– Vejamos os versos – respondeu a mulher – que eu lhe direi o que há neles.

– Assim será, não duvido – respondeu o marido – porque, como você é poeta, facilmente entenderá o que ele quer dizer.

– Não sou poeta – respondeu a mulher –, mas você sabe que tenho bom entendimento e que sei rezar em latim as quatro orações.

– Melhor faria rezando-as em romance porque o seu tio que é clérigo já disse que você diz mil bobagens quando reza em latim, e que não reza nada.

– Esta flecha, saiu da afilhada de sua sobrinha, que tem inveja de me ver com as *Horas* em latim na mão, rezando-as sem tropeçar.

– Seja o que você quiser – respondeu o dono da pousada. – Fique atenta porque os versos são estes:

Quem do amor ventura encontra?
O que cala.
Quem triunfa em sua aspereza?
A firmeza.
Quem dá alcance sua alegria?
A porfia.
Deste modo, bem poderia
esperar bendita vitória
se nesta empresa minha alma
cala, está firme e porfia.
Com que se sustenta o amor?
Com favor.
E com que míngua sua fúria?
Com a luxúria.
Com desdéns cresce?
Desfalece.
Claro nisto se parece
que meu amor será imortal,
pois a causa de meu mal
nem injuria, nem favorece.
Quem desespera, o que espera?
Morte inteira.
Pois, que morte o mal remedia?
A que é meia.
Logo, melhor será morrer?
Melhor sofrer.
Porque se costuma dizer,
e esta verdade se receba,
que depois da tormenta esquiva

a calma costuma vir.
Descobrirei a minha paixão?
Em alguma ocasião.
E se jamais se dá?
Sim, o fará.
Chegará a morte em breve.
Chegará a tanto
sua limpa fé e esperança,
que, conhecendo-a Constância,
converta em riso seu pranto.

– Tem mais? – disse a dona da pousada.

– Não – respondeu o marido –; mas, o que você acha destes versos?

– Primeiro – disse ela – é preciso averiguar se são de Tomás.

– Não há que se ter dúvidas – respondeu o marido – porque a letra da conta da cevada e a das coplas é a mesma, não se pode negar.

– Veja, marido – disse a dona da pousada –, as coplas nomeiam Constancinha, pelo que se pode pensar que foram feitas para ela, mas não podemos afirmar que assim o seja, como se víssemos os versos serem escritos. Além do mais, há outras tantas Constâncias no mundo além da nossa; mas, mesmo que fosse para ela, não diz nada que a desonre, nem pede coisa alguma. Estejamos atentos e avisemos a menina, porque se ele está apaixonado por ela, certamente lhe fará mais versos e tentará entregá-los.

– Não seria melhor – disse o marido – livrar-nos destas preocupações e mandá-lo embora?

– Isto – respondeu a dona da pousada – está em suas mãos,

mas, segundo você diz, o moço trabalha bem e seria bobagem despedi-lo por uma situação tão leviana.

– Bem – disse o marido –, fiquemos alertas, como você diz, e o tempo nos dirá o que devemos fazer.

Ficaram assim resolvidos e o dono da pousada voltou a deixar o livro onde o tinha encontrado. Tomás voltou ansioso, procurando por seu livro. Encontrou-o e, para não sobressaltar-se de novo, transcreveu as coplas e rasgou aquelas folhas. Propôs-se arriscar e revelar seu desejo a Constância na primeira oportunidade que tivesse. Como ela sempre andava sob as rédeas de sua honestidade e recato, não dava ocasião para que ninguém a olhasse, quanto mais falar com ela. Como tinha tanta gente e tantos olhos na pousada, a dificuldade aumentava, fato que desesperava o pobre apaixonado.

Mas, tendo Constância saído aquele dia com uma toca que lhe cobria as bochechas e, respondendo a quem o perguntou por que a tinha colocado, que estava com uma dor de dente muito forte, Tomás, a quem seus desejos avivavam o entendimento, em um instante disse o que seria bom que fizesse:

– Senhora Constância, eu lhe darei uma oração por escrito que, rezando-a duas vezes, sentirá como se lhe tirassem a dor com a mão.

– Que bom – respondeu Constância – eu a rezarei porque sei ler.

– Há de ser com a condição – disse Tomás – de que não a mostre para ninguém, porque eu a valorizo muito e não será bom que, porque muitos a conheçam, diminua seu valor.

– Eu lhe prometo – disse Constância – que não a darei a ninguém. Dê-me logo a oração porque a dor me incomoda muito.

– Eu a transcreverei da memória – respondeu Tomás – e logo a entrego.

Estas foram as primeiras palavras que Tomás disse a Constância e Constância a Tomás, durante todo o tempo que havia estado na casa, que já passava de vinte e quatro dias. Tomás se retirou, escreveu a oração e a entregou a Constância sem que ninguém o visse. Ela, com muita alegria e maior devoção, entrou no quarto sozinha. Abrindo o papel, viu que dizia assim:

> Senhora da minha alma:
>
> Eu sou um cavaleiro natural de Burgos; se alcanço viver mais do que meu pai, herdarei um patrimônio de seis mil ducados de renda. Pela fama de sua beleza, que se estende por muitas léguas, abandonei minha pátria, mudei minha roupa e no traje em que me vê vim servir a seu senhor. Se a senhora quiser ser minha, pelos meios que mais convenham à sua honestidade, veja que provas deseja para comprovar a verdade do que falo e, certa dela, sendo sua vontade, serei seu esposo e me considerarei o homem mais afortunado do mundo. Mas, por enquanto, peço que não revele tão apaixonados e limpos pensamentos como são os meus pela rua, porque se seu patrão sabe e não acredita neles, me condenará ao desterro de sua presença, que seria o mesmo que me condenar à morte. Deixe-me, senhora, que a veja até que acredite em mim, considerando que não merece o rigoroso castigo de não lhe ver o que não tem outra culpa senão a de adorá-la. Com seus olhos poderá

me responder, escondida dos muitos que sempre a estão olhando, que eles são tais, que irados matam e piedosos ressuscitam.

Desde o momento em que Tomás se deu conta de que Constância tinha ido ler seu papel, seu coração ficou palpitando, temendo e esperando ou a sentença de sua morte ou a salvação de sua vida. Nisto saiu Constância, tão bonita, ainda que com o rosto coberto, que se poderia dizer que o sobressalto de ter visto no papel de Tomás outra coisa tão diferente da que esperava, tinha-lhe aumentado a beleza. Saiu com o papel picado em pedaços nas mãos e disse a Tomás, que mal podia parar em pé:

– Irmão Tomás, sua oração parece mais uma feitiçaria e um engano. Assim, não quero crer nem usá-la e, por isso, a rasguei, para que não a veja ninguém que seja mais crédula do que eu. Aprenda outras orações mais fáceis porque será impossível que esta lhe seja proveitosa.

Dizendo isso, entrou onde estava sua ama, e Tomás ficou perplexo, mas consolado, sabendo que o segredo de seu desejo ficava guardado somente no peito de Constância. Acreditou que, como ela não tinha dito nada ao amo, não corria perigo de ser expulso da casa. Pareceu-lhe que, no primeiro passo que tinha dado ao que pretendia, tinha sido atropelado por muitos inconvenientes e que, nas coisas grandes e complexas, a maior dificuldade está no começo.

Enquanto tudo isto acontecia na pousada, o Asturiano tentava comprar o asno e, ainda que tivesse encontrado muitos, nenhum o satisfazia. Um cigano quis empurrar-lhe um que caminhava mais pelo mercúrio que lhe tinha jogado nos ouvidos que por sua ligeireza: lhe contentava o passo, lhe desagradava o corpo, que era muito pequeno e não do porte que Lope queria, que fosse suficiente para levá-lo e também os cântaros cheios ou vazios.

Nisto, aproximou-se dele um moço e lhe disse ao ouvido:

– Senhor, se quer comprar um bom animal para o ofício de aguador, eu tenho um asno aqui perto, em um prado, e não há outro melhor ou maior na cidade. Aconselho que não compre animais de ciganos, porque, ainda que pareçam sãos e bons, todos são falsos e cheios de doenças. Se quiser comprar o que lhe convém, venha comigo.

Acreditando nele, o Asturiano lhe pediu que o levasse até onde estava o asno que tanto engrandecia. Foram-se os dois, lado a lado, até chegar a Horta do Rei onde, à sombra de uma roda d'água, estavam muitos aguadores, cujos asnos pastavam em um prado ali perto. O vendedor mostrou seu asno, todos os que ali estavam disseram que o asno era forte, caminhador e bom comedor, de tal modo que encheram os olhos do Asturiano. Fizeram o negócio e, sem outra segurança nem informação, tendo por corretores e mediadores os demais aguadores, o Asturiano deu dezesseis ducados pelo asno, com todos os adereços do ofício.

Fez o pagamento com escudos de ouro. Deram-lhe parabéns pela compra e pela entrada no ofício. Certificaram-lhe que tinha comprado um asno afortunadíssimo, porque o dono que o deixava, sem que estivesse manco ou morto, além de ter-se sustentado e ao asno honradamente, tinha ganhado com ele, em menos de um ano, dois pares de roupa e mais aqueles dezesseis ducados, com os quais pensava voltar para sua terra, onde tinha um casamento arranjado com uma meia parenta sua.

Aquém dos corretores do asno estavam outros quatro aguadores, jogados ao chão, jogando cartas, fazendo a terra de mesa e de toalha suas capas. O Asturiano olhou-os e viu que não jogavam como aguadores, mas como arcebispos, porque cada um tinha mais de cem reais em quartos e em prata. Chegou uma jogada em que todos apostaram tudo. Finalmente, naquela jogada acabou o dinheiro de dois, que levantaram. Vendo isso, o vendedor do asno disse que se houvesse um quarto ele jogaria, porque era inimigo de jogar de três. O Asturiano, que nunca se dava conta do que fazia, disse que seria o quarto. Logo se sentaram, a coisa andou bem e em pouco tempo Lope perdeu seis escudos. Vendo-se sem dinheiro, perguntou se queriam apostar o asno, que ele o apostaria. Os demais aceitaram e apostou um quarto do asno, dizendo que por quartos o jogaria. Jogou tão mal que em quatro apostas consecutivas perdeu os quatro quartos do asno. Ganhou-o o mesmo que o tinha vendido e, levantando-se para pegá-lo, o Asturiano lhe disse que ele tinha apostado quatro quartos do asno e que, portanto, lhe desse o rabo do animal e que levasse o resto.

Todos riram com o pedido e houve os que disseram que não tinha razão de ser, já que quando se vende um carneiro ou outro animal não se tira o rabo, que vai obrigatoriamente com um dos quartos traseiros. Lope respondeu que os carneiros da Berbéria tinham cinco quartos, que o quinto é o rabo que vale o mesmo que qualquer outra parte quando estes carneiros são divididos. Que o rabo fosse junto com o animal quando estivesse vivo, ele entendia, mas que o seu não tinha sido vendido, mas jogado, que sua intenção nunca foi a de jogar o rabo e que o devolvessem logo com tudo o que a ele era concernente, que era desde a ponta do cérebro, contada dos ossos da espinha, onde ele começava e descia, até os últimos pelos.

– Acho – disse alguém – que é assim mesmo como você diz. Que lhe deem o rabo.

– É assim mesmo! – respondeu Lope – Que venha meu rabo, se não, nem por Deus me levarão o asno, nem que venham para isso todos os aguadores do mundo. Não pensem que por serem tantos os que aqui estão vão me derrotar, porque eu sou um homem que sei chegar a outro homem e enfiar-lhe dois palmos de adaga pelas tripas sem que ele saiba por quem, por onde ou como foi ferido. Digo mais, não quero que me paguem a prazo pelo rabo, mas que me deem ele de verdade e que o cortem, como eu já disse.

O ganancioso e os demais acharam melhor não continuar aquele negócio pela força, porque julgaram que o Asturiano tinha tanto brio, que não consentiria que o fizessem. Ele, que estava acostumado à vida nas pescas de atum, onde se exercita todo o tipo de perigo e ameaça, jogou longe seu chapéu, empunhou um punhal que tinha embaixo da capa e colocou-se em uma postura que infundiu temor e respeito em toda aquela companhia de aguadores. Finalmente, um deles, que parecia ter mais inteligência e discurso que os demais, propôs que se apostasse o rabo em mais um jogo de cartas. Aceitaram contentes e ganhou Lope; o outro se irritou e apostou outro quarto e a outras três jogadas, ficou sem o asno. Quis jogar dinheiro, Lope não queria, mas tanto o importunaram que acabou jogando, e ganhando todo o dinheiro do ganancioso, que ficou sem um maravedi. Foi tanto o pesar do perdedor que se jogou no chão e começou a dar cabeçadas na terra. Lope, bem nascido, generoso e compassivo que era, o levantou e devolveu todo o dinheiro que tinha ganhado, além dos dezesseis ducados do asno. O que sobrou dividiu com os circundantes. Esta estranha generosidade espantou a todos e o designaram rei dos aguadores.

Lope voltou para a cidade com um grande acompanhamento e lá contou para Tomás o que tinha acontecido. Tomás também lhe contou todos os seus bons acontecimentos. Não ficou uma taberna, nem uma bodega, nem uma roda de pícaros sem saber do jogo do asno, da briga pelo rabo, do brio e da generosidade do Asturiano. Mas, como o vulgo é, em sua maioria, mau, maldito e maldizente, não guardou na memória a generosidade, o brio e as boas partes do grande Lope, mas somente o rabo. E assim, tendo andado apenas dois dias levando água pela cidade, viu que muitos lhe apontavam o dedo e diziam: "Este é o aguador do rabo". Os meninos ficavam atentos e, mal aparecia Lope pela entrada de qualquer rua, começavam a gritar: "Asturiano, dá o rabo! Dá o rabo, Asturiano!" Lope, vendo-se atacado por tantas línguas, se calou, acreditando que seu silêncio acalmaria tanta insolência. Mas não foi assim, pois, quanto mais calava, mais os meninos gritavam. Então, trocou a paciência pela raiva, desceu do asno e começou a bater nos meninos. Foi como afinar a pólvora e pôr fogo, ou cortar a cabeça da serpente, pois no lugar de uma que tirava, batendo em algum menino, nasciam no mesmo instante, não outras sete, mas setecentas, que com maior determinação lhe pediam o rabo. Finalmente, achou melhor retirar-se da pousada que tinha reservado, longe daquela de seu companheiro para fugir de Decaída, e ficar ali até que a influência daquele mau planeta passasse e se apagasse da memória dos meninos aquele pedido do rabo.

Passaram-se seis dias sem que saísse de casa. Só saía de noite para ver Tomás e perguntar-lhe como estava. Contou-lhe que, depois de entregar o papel a Constância, nunca mais tinha conseguido dizer-lhe uma única palavra e que lhe parecia que estava mais recatada do que de costume. Disse-lhe que uma vez teve a oportunidade de se aproximar dela e falar, mas que vendo-o, ela tinha dito antes de que se aproximasse: "Tomás, não tenho dor nenhuma. Não preciso de suas palavras nem de suas orações: contente-se por não te acusar à Inquisição", mas que estas palavras as tinha dito sem demonstrar ira nos olhos nem outro desgosto que pudesse dar indício de rigorosidade. Lope lhe contou o que faziam os meninos, pedindo-lhe o rabo porque ele tinha pedido o do asno. Tomás lhe aconselhou que não saísse de casa, pelo menos não com o asno, e que, se saísse, fosse pelas ruas mais vazias e afastadas. Se isto não fosse suficiente, bastaria abandonar o ofício, última solução para dar fim a tanto incômodo. Lope lhe perguntou se a Galega tinha ido outras vezes a seu quarto. Tomás respondeu que não, mas que não deixava de subornar sua vontade com presentes que roubava dos hóspedes na cozinha. Foi-se Lope para sua pousada, determinado a não sair por seis dias, pelo menos com o asno.

Seriam mais ou menos onze da noite, quando, sem que esperassem, se viu entrar na pousada muitas varas da justiça e o Corregedor. O dono da pousada e os hóspedes se alvoroçaram porque assim como os cometas quando aparecem sempre causam temores de desgraças e infortúnios, também a justiça, quando de repente e de tropel, entra em uma casa, sobressaltando e atemorizando até as consciências sem culpa. O Corregedor entrou em uma sala e chamou o dono da pousada, que veio ver o que ele queria tremendo. Quando o Corregedor o viu, perguntou- lhe muito sério:

– Você é o dono da pousada?

– Sim – respondeu ele – para que o senhor precisar.

O Corregedor mandou que todos os que estavam na sala saíssem e que o deixassem sozinho com o dono da pousada. Assim fizeram e ficaram sozinhos. Disse o Corregedor para o dono da pousada:

– Senhor dono da pousada, que pessoas você tem trabalhando aqui?

– Senhor – respondeu ele – tenho duas moças galegas, uma criada e um moço que cuida das contas da cevada e da palha.

– Nenhuma outra? – perguntou o Corregedor.

– Não, senhor – respondeu o dono da pousada.

– Pois diga-me, senhor dono da pousada – disse o Corregedor –, onde está a moça que dizem que trabalha nesta casa e que de tão bonita é conhecida por toda a cidade como a *ilustre criada*? Disseram-me que meu filho, Dom Periquito, está apaixonado por ela e que não passa uma noite sem lhe oferecer uma música.

– Senhor – respondeu o dono da pousada – esta que chamam *criada ilustre* está nesta casa, mas não é minha criada e nem deixa de sê-lo.

– Não entendo o que você diz, isso de ser e não ser sua criada.

– É isso o que eu disse – respondeu o dono da pousada – e se Vossa Mercê me autorizar lhe contarei algo que jamais contei a ninguém.

– Antes de saber de qualquer coisa, quero ver a criada. Chame-a aqui – disse o Corregedor.

O dono da pousada se aproximou da porta da sala e disse:

– Ouça, senhora: faça com que Constancinha entre aqui!

Quando a dona da pousada escutou que o Corregedor chamava Constância, se alterou e começou a mexer as mãos sem parar, dizendo:

– Ai, pobre de mim! O Corregedor quer ver a Constância e sozinho! Algum mal deve ter acontecido porque a beleza desta moça encanta os homens.

Constância, que ouvia o que a dona da pousada dizia, respondeu:

– Senhora, não se preocupe que eu vou ver o que quer o Corregedor. Se algum mal aconteceu, tenha certeza que eu não tenho a culpa.

E, assim, sem esperar que a chamassem outra vez, pegou uma vela acesa sobre um candelabro de prata e, com mais vergonha do que temor, foi até onde estava o Corregedor.

Assim que o Corregedor a viu, mandou que o dono da pousada fechasse a porta da sala. Tendo feito isto, o Corregedor se levantou e, pegando o candelabro que Constância tinha levado, aproximou-lhe a luz ao rosto e ficou olhando-a de cima abaixo. Como Constância estava assustada, tinha o rosto corado, e estava tão bonita e tão honesta, que o Corregedor achou que via a beleza de um anjo na terra. Depois de tê-la olhado bem, disse:

– Senhor, esta não é uma joia para estar escondida em uma pousada. Com o que vi afirmo que meu filho Periquito é discreto, pois tão bem soube empregar seus pensamentos. Digo, donzela, que não somente podem, mas devem chamá-la *ilustre*, ilustríssima. No entanto, estes títulos não tinham que ser empregados com o nome de criada, mas com o de duquesa.

– Não é criada, senhor – disse o dono da pousada. – Ela não faz outra coisa nesta casa a não ser cuidar das chaves da prataria, que pela bondade de Deus tenho alguma, com as quais servimos os hóspedes honrados que vem a esta pousada.

– Mesmo assim – disse o Corregedor – digo, senhor, que nem é decente nem conveniente que esta donzela esteja nesta pousada. Por acaso é sua parenta?

– Nem é minha parenta nem é minha criada. Se Vossa Mercê quiser saber quem é, se ela não estiver presente, escutará coisas que além de agradar-lhe vão surpreendê-lo.

– Sim, eu quero – disse o Corregedor. – Vá para fora Constancinha e espere de mim o que espera de seu próprio pai, porque sua honestidade e beleza obrigam a todos que a veem oferecerem-se a seu serviço.

Constância não respondeu nada, mas com muita mesura fez uma grande reverência ao Corregedor e saiu da sala. Encontrou sua ama desolada, esperando-a, para saber o que o Corregedor queria. Ela contou o que tinha acontecido e como seu senhor continuava com ele para contar-lhe não sabia que coisas que não queria que ela escutasse. A dona da pousada não se acalmou nem parou de rezar até que o Corregedor foi embora e viu sair livre seu marido que, enquanto esteve com o Corregedor, lhe disse:

– "Faz hoje, senhor, segundo minhas contas, quinze anos, um mês e quatro dias que chegou, a esta pousada, em uma liteira, uma senhora vestida de peregrina, acompanhada de quatro criados a cavalo e de duas monjas e uma criada, que vinham em um carro. Também trazia consigo duas mulas cobertas com ricos panos, carregadas com uma rica cama e com adereços de cozinha. Resumidamente, o conjunto era nobre e a peregrina parecia ser uma ilustre senhora e, ainda que demonstrasse ter quarenta ou poucos mais anos, nem por isso deixava de parecer extremamente bonita. Estava doente, sem cor e tão cansada que mandou que lhe preparassem a cama rapidamente e, nesta mesma sala, a montaram seus criados. Perguntaram-me qual era o médico mais afamado da cidade. Disse-lhes que o doutor da Fonte. Foram procurá-lo e ele veio logo. Sozinha, contou sua doença para o médico e o que desta conversa resultou foi que o médico mandou que arrumassem a cama em outro lugar com menos barulho. Rapidamente a mudaram para o outro aposento que está aqui em cima, afastado, com a comodidade que o doutor pedia. Nenhum dos criados entrava onde estava a senhora, somente as duas monjas e a criada a serviam.

Minha mulher e eu perguntamos aos criados quem era aquela senhora, como se chamava, de onde vinha, para onde ia, se estava casada, se era viúva ou donzela e por que se vestia como peregrina. A todas estas perguntas, que lhes fizemos várias vezes, todos responderam que era uma importante e rica senhora de Castela, a Velha, que era viúva, que não tinha filhos por herdeiros e porque como a alguns meses que estava com hidropisia, tinha decidido ir em romaria a Nossa Senhora de Guadalupe e, por aquela promessa, estava vestida daquele jeito. Sobre dizer seu nome, tinham a ordem de não chamá-la de outra coisa a não ser senhora peregrina.

Isto soubemos até aquele momento, mas, depois de três dias que, como doente, a senhora peregrina estava em nossa casa, uma das monjas disse que ela chamava minha mulher e a mim. Fomos ver o que ela queria e, com a porta fechada e diante de suas criadas, quase com lágrimas nos olhos, nos disse, creio que estas mesmas palavras: "Meus senhores, o céu é testemunha de que não por culpa minha me encontro nesta situação em que agora lhes contarei. Eu estou grávida e tão próxima do parto que as dores vão aumentando. Nenhum dos criados que me acompanham sabem de minha desgraça, mas a estas mulheres não pude nem quis escondê-la. Para escapar dos olhos maliciosos de minha terra e para que esta hora não chegasse nela, fiz o voto de ir a Nossa Senhora de Guadalupe, que deve ter decidido que em sua casa tenha o parto. Em suas mãos está agora o amparar-me, com o segredo que merece a que entrega a sua honra para os senhores. O pagamento do favor que me fazem, que assim quero chamá-lo, se não corresponder ao grande benefício que espero, servirá, pelo menos, como meu agradecimento, que começo a demonstrar com estes duzentos escudos de ouro que estão dentro dessa bolsinha". Tirou de debaixo do travesseiro uma bolsinha de agulha, dourada e verde, e a colocou nas mãos de minha mulher que, em sua simplicidade e sem ver o que fazia, porque estava admirada e com toda a atenção posta na peregrina, guardou-a, sem dizer nenhuma palavra de agradecimento. Eu me lembro que lhe disse que não era preciso nada daquilo, que não éramos pessoas que por interesse, mas por caridade, se moviam a fazer o bem quando ele aparecia. Ela prosseguiu dizendo: "É preciso, amigos, que encontrem onde levar o que vou parir daqui a pouco, procurando também as mentiras que dizer a quem o entregar, que por agora será na cidade e, depois, quero que o leve para uma aldeia. O que deverá ser feito depois, Deus me iluminará enquanto eu cumpro o meu voto e, quando volte de Guadalupe, saberão, porque o tempo me dará ocasião de pensar e decidir sobre o que é mais conveniente. Parteira não preciso, nem quero: que outros partos mais honrados que já tive me asseguram que, com a ajuda de minhas criadas, será fácil e economizarei uma testemunha das coisas que me aconteceram".

Aqui terminou de falar a triste peregrina e deu início a um copioso pranto que foi consolado, em parte, pelas muitas e boas palavras que minha mulher, já com o entendimento recuperado, lhe disse. Finalmente, saí para procurar onde levar a criatura que ela parisse, a qualquer hora que fosse. Entre doze e uma daquela mesma noite, a boa senhora deu à luz uma menina, a mais bonita que meus olhos viram até hoje, e é esta mesma que a Vossa Mercê acaba de ver. Nem a mãe se queixou do parto, nem a filha nasceu chorando: havia em todos uma calma e um silêncio maravilhoso, muito conveniente para manter em segredo aquele estranho caso. Esteve outros seis dias na cama, e em todos eles o médico veio visitá-la, mas não porque ela lhe tivesse declarado de que mal sofria. Nunca tomou nenhum dos remédios que prescreveu, porque pretendia apenas, com a visita do médico, enganar seus criados. Tudo isto ela mesma me disse, depois que estava fora de perigo. Aos oito dias se levantou com o mesmo volume, ou com outro que se parecia àquele que ela tinha parido.

Foi à sua romaria e voltou vinte dias depois, já quase curada, pois pouco a pouco ia se livrando do artifício com o que depois de dar à luz, parecia hidrópica. Quando voltou, a menina já estava sendo criada, por ordem minha e como minha sobrinha, em uma aldeia a duas léguas daqui. No batismo, puseram-lhe o nome de Constância, porque assim a mãe tinha ordenado. Quando se despediu, feliz pelo que eu tinha feito, me deu uma corrente de ouro, que está comigo até hoje. Dela tirou seis pedaços, disse que a pessoa que viesse pegar a menina os traria. Também cortou um pergaminho em branco com uns recortes feitos de modo parecido a quando se entrelaçam as mãos e nos dedos se escreve alguma coisa: se os dedos estão cruzados podem ser lidas e, depois de separados, fica dividida a palavra, porque se dividem as letras. Voltando a juntar os dedos, as letras correspondem de modo que pode ser lido de corrido: do mesmo modo com o pergaminho, um serve de alma do outro e, encaixados, se leem e, divididos, não é possível, se não se adivinha a outra metade. Quase toda a corrente ficou comigo e tenho tudo aqui esperando a senha, já que ela me disse que em dois anos mandaria alguém buscar sua filha, encarregando-me de criá-la não como quem ela era, mas como se fosse uma lavradora. Também me encarregou de que, se por algum acontecimento não fosse possível enviar alguém tão rápido, mesmo que crescesse e tivesse entendimento, não lhe contasse como tinha nascido. Pediu que a perdoasse por não dizer seu nome e quem era, que o guardava para outra ocasião mais importante. Assim, dando-me outros quatrocentos escudos de ouro e abraçando minha mulher com ternas lágrimas, partiu, deixando-nos admirados com sua descrição, coragem, beleza e recato.

Constância se criou na aldeia até os dois anos e depois a trouxe para morar comigo. Sempre se vestiu como lavradora, como sua mãe deixou mandado. Há quinze anos, um mês e quatro dias espero quem venha buscá-la e a demora dessa chegada consumiu minha esperança de vê-la acontecer. Se neste ano em que estamos não vem ninguém, decidi que vou torná-la herdeira de tudo o que eu tenho, que vale mais de seis mil ducados, graças a Deus.

Agora falta contar a Vossa Mercê, senhor Corregedor, as bondades e as virtudes de Constancinha, se é possível que eu saiba dizê-las todas. Ela, primeiro e mais importante, é devotíssima de Nossa Senhora: se confessa e comunga todos os meses. Sabe escrever e ler; não existe melhor rendeira do que ela em Toledo; canta como um anjo; não há ninguém mais honesta do que ela. No que cabe à sua beleza, Vossa Mercê já viu. O senhor Dom Pedro, seu filho, nunca falou com ela, mas é verdade que de vez em quando lhe dedica algumas músicas, que ela jamais escuta. Muitos senhores nobres dormiram neste pousada e, com o propósito de vê-la, detiveram seu percurso durante muitos dias, mas eu sei que nenhum deles pode se vangloriar dizendo que lhe dirigiu a palavra, estando sozinha ou acompanhada". Esta é, senhor, a verdadeira historia da *ilustre criada*, que não esfrega.

O dono da pousada parou de falar, e o Corregedor ficou um longo tempo em silêncio antes de dizer-lhe alguma coisa, tão admirado tinha ficado com o acontecimento que acabava de escutar. Finalmente, pediu que o dono da pousada pegasse a corrente e o pergaminho porque queria vê-los. Foi buscá-los e trazendo-os o Corregedor viu que eram como o dono da pousada tinha descrito: a corrente era de pedaços, curiosamente trabalhada, e no pergaminho estavam escritas, uma embaixo da outra, estas letras, entre os espaços que deveriam ser preenchidos pelas outras: E T E S N V D D R; comprovou que era necessário juntar a outra metade do pergaminho pare entendê-las. Considerou muito discreto o sinal do reconhecimento da menina e achou que a senhora peregrina era muito rica, dada a corrente que tinha deixado para o dono da pousada. Pensando tirar aquela bela jovem da pousada para levá-la a um mosteiro, naquele momento se contentou em levar o pergaminho, encarregando o dono da pousada de que, se por acaso procurassem por Constância, lhe avisasse quem era aquele que vinha buscá-la, antes de mostrar-lhe a corrente, que ficava na pousada. Foi embora tão admirado com a história quanto com a beleza da *ilustre criada*.

Durante todo o tempo em que o dono da pousada esteve com o Corregedor, e também no que chamaram Constância, Tomás esteve fora de si. Mil pensamentos debatiam-se em sua alma, sem que nenhum fosse de seu agrado. Quando viu que o Corregedor ia embora e que Constância ficava, respirou e os batimentos lhe voltaram, pois quase o tinham desamparado. Não ousou perguntar ao dono da pousada o que o Corregedor queria, nem ele contou nada a ninguém, a não ser para sua mulher. Ela também voltou a si, agradecendo a Deus por livrá-la daquele sobressalto.

No dia seguinte, perto da uma hora, entraram na pousada, acompanhados por quatro homens montados a cavalo, dois velhos cavaleiros de presença admirável. Um dos dois moços que os acompanhavam a pé perguntou se aquela era a pousada do Sevilhano. Recebendo a resposta afirmativa, todos entraram. Apearam-se os quatro e foram apear aos dois anciãos: pelo que se soube que aqueles dois eram senhores dos outros seis. Constância saiu para receber os novos hóspedes com sua gentileza costumeira e, mal tendo-a visto um dos anciãos, disse ao outro:

– Creio, senhor Dom João, que encontramos o que estávamos procurando.

Tomás, que chegou para alimentar as cavalgaduras, logo reconheceu os dois criados de seu pai e também seu pai e o de Carriaço, que eram os dois velhos aos quais os demais respeitavam. Admirado pela presença deles, pensou que tinham ido procurar a Carriaço e a ele nas pescas de atum: porque certamente todos tinham dito que lá e não em Flandres, os encontrariam. Não se atreveu a deixar-se reconhecer naqueles trajes e, arriscando tudo, com a mão sobre o rosto, passou diante deles e foi procurar Constância. A boa sorte quis que a encontrasse sozinha e, rápido e com a língua atrapalhada, temendo que ela não lhe desse oportunidade de falar, lhe disse:

– Constância, um destes velhos cavaleiros que acabaram de chegar é meu pai, o que você ouvir chamar Dom João de Avendanho. Pergunte para os criados dele se tem um filho que se chama Tomás de Avendanho, que sou eu, e poderá ir confirmando que tudo o que disse sobre mim é verdade. Fique com Deus porque não penso voltar a esta casa até que eles tenham ido embora.

Constância não lhe respondeu nada, nem ele esperou que o fizesse. Saindo, coberto como tinha entrado, foi contar a Carriaço que seus pais estavam na pousada. O dono da pousada gritou para que Tomás viesse dar cevada, mas, como não apareceu, deu-a ele mesmo. Um dos dois anciãos chamou a uma das jovens galegas e perguntou-lhe como se chamava aquela bonita moça que tinha visto e se era filha ou parenta dos donos da pousada. A Galega respondeu:

– A moça se chama Constância. Não é parenta dos donos da pousada, não sei o que é. Só sei que a desprezo, porque não sei o que ela tem que não deixa prosperar a nenhuma das moças desta casa. Temos nossas feições como Deus determinou! Não entra um hóspede que não pergunte logo quem é a bela e que não diga: "Bonita é, bem parece, que não é má. Má sorte para as mal pintadas, para elas a sorte nunca esteve pior". E a nós não há quem nos diga: "O que tem aí, mulher?".

– Então menina, pelo que você me conta – respondeu o cavaleiro – deve deixar-se manusear pelos hóspedes.

– Sim! – respondeu a Galega – Cada um tem a condição que merece! A mulher é bonita para isso. Por Deus, senhor, se Constância pelo menos se deixasse ver, brotaria ouro. É mais áspera que um ouriço; é uma beata, passa todo o dia trabalhando e rezando. Chegará o dia em que começará a fazer milagres! Minha ama diz que ela tem um cilício grudado nas carnes, meu Deus do céu!

Contentíssimo pelo que tinha ouvido da Galega, sem esperar que lhe tirassem as esporas, o cavaleiro chamou o dono da pousada e, retirando-se com ele a uma sala, lhe disse:

– Senhor, venho tirar de você uma joia que é minha e está aqui há alguns anos. Para levá-la trago mil escudos de ouro, estes pedaços de corrente e este pergaminho.

Dizendo isso, tirou os seis pedaços da corrente que tinha.

O dono da pousada reconheceu o pergaminho e, muito alegre pelo oferecimento dos mil escudos, respondeu:

– Senhor, a joia que quer me tirar está em casa, mas não a corrente e o pergaminho com os quais poderemos comprovar a verdade do que Vossa Mercê diz. Suplico-lhe que tenha um pouco de paciência que eu volto logo.

E no mesmo instante foi avisar ao Corregedor o que acontecia e como dois cavaleiros que estavam na pousada queriam levar Constância.

O Corregedor tinha acabado de almoçar. Desejando conhecer o fim daquela história, montou rápido em seu cavalo e foi até a pousada do Sevilhano, levando consigo o pergaminho. Mal viu aos dois cavaleiros, abriu os braços e foi abraçar um deles, dizendo:

–Valha-me Deus! Que boa visita é esta, senhor Dom João de Avendanho, meu primo e meu senhor?

O cavaleiro o abraçou, dizendo:

– Sem dúvida, senhor primo, foi uma boa visita, porque o vejo com a saúde que sempre lhe desejo. Abrace, primo, este cavaleiro, que é o senhor Dom Diego de Carriaço, grande senhor e amigo meu.

– Já conheço o senhor Dom Diego – respondeu o Corregedor – e sou seu servidor.

Abraçando-se, depois de receber-se com grande amor e cortesia, entraram em uma sala, na qual ficaram sozinhos com o dono da pousada, que estava com a corrente na mão. Ele disse:

– O senhor Corregedor já sabe o que Vossa Mercê vem buscar, senhor Dom Diego de Carriaço. Tire os pedaços que faltam dessa corrente e o senhor Corregedor mostrará o pergaminho que está com ele. Façamos a prova que eu espero há tantos anos.

– Assim – respondeu Dom Diego – não será preciso contar de novo para o senhor Corregedor o motivo de nossa vinda, pois se verá que foi pelo que você, senhor hóspede, disse.

– Alguma coisa me disse, mas muito me falta saber. Eis aqui o pergaminho.

Dom Diego tirou o outro e, juntando as duas partes, se fez uma. As letras do pedaço que tinha o hóspede, como se disse, eram E T E S N V D D R, que correspondiam no outro pergaminho a estas: S E O I AL ER A EI O. Todas juntas diziam: ESTE É O SINAL VERDADEIRO. Comparando os pedaços da corrente, também viram que eram sinais verdadeiros.

– Isto está resolvido! – disse o Corregedor. – Resta saber agora, se é possível, quem são os pais dessa belíssima joia.

– O pai – respondeu Dom Diego – sou eu e a mãe, já não vive, mas basta dizer que era tão nobre que eu poderia ser seu criado. E para que, como se esconde seu nome, não se esconda sua fama, nem se culpe o que parece ter sido um erro seu, se há de saber que a mãe dessa joia, era viúva de um cavaleiro e vivia em sua aldeia. Ali, com muito recato e honestidade, tinha uma vida sossegada com seus criados. Quis a sorte que um dia, indo à caça perto daquele lugar, quis visitá-la e era logo depois do almoço quando cheguei à sua casa. Deixei o cavalo com um criado e subi, sem encontrar com ninguém, até o aposento onde a encontrei dormindo sobre uma cama preta. Ela era extremamente bonita e o silêncio, a solidão e a ocasião me despertaram um desejo mais atrevido do que honesto. Sem fazer qualquer discurso, fechei a porta e, aproximando-me dela, a acordei. Segurei-a com força e lhe disse: "Vossa Mercê, minha senhora, não grite, porque os gritos que der serão testemunhos de sua desonra: ninguém me viu entrar neste quarto. Por minha sorte, para eu ter de gozá-la, caiu um sono sobre todos os seus criados e quando eles chegarem para acudir seu chamado não poderão fazer nada além de me tirar a vida e isso seria em seus braços, não apagando minha morte, a sua fama". Finalmente, eu a gozei contra a vontade dela e, por minha força, cansada, rendida e confusa, não quis ou não conseguiu me dizer nada. Deixando-a sem entender o que acontecia, saí pelo mesmo lugar que tinha entrado e fui para a aldeia de um amigo meu que estava a dois quilômetros dali. Esta senhora se mudou daquele lugar e, sem que eu jamais a visse, ou procurasse, passaram-se dois anos, e então soube que ela tinha morrido. Há mais ou menos vinte dias, com grandes encarecimentos e dizendo que era uma coisa que importava à minha honra e alegria, me chamou o mordomo desta senhora. Fui ver o que ele queria, longe de pensar em alguma coisa parecida ao que ele me contou. Encontrei-o quase morto e, para abreviar, em poucas palavras me disse que, antes de morrer, sua senhora tinha-lhe contado o acontecido, que tinha ficado grávida, que para encobrir a barriga tinha ido de romaria a Nossa Senhora de Guadalupe, que tinha dado a luz nesta casa a uma menina, que deveria se chamar Constância. Deu-me os sinais com os quais a encontraria, que foram esses que vocês viram: a corrente e o pergaminho. Também me entregou trinta mil ducados de ouro, que a senhora tinha deixado para casar sua filha. Disse-me que não tinha entregado antes, nem declarado o que ela lhe tinha dito em confiança e segredo, por cobiça, para poder aproveitar aquele dinheiro, mas como já estava a ponto de ir acertar as contas com Deus, por alívio de consciência, me entregava o dinheiro e me dizia onde e como poderia encontrar minha filha. Recebi o dinheiro e os sinais e, depois de contar tudo isto ao senhor Dom João de Avendanho, viemos para esta cidade.

Isso dizia Dom Diego quando ouviram fortes gritos vindos da porta da rua:

– Digam a Tomás Pedro, o moço da cevada, que seu amigo Asturiano foi preso. Que ele vá para a cadeia que ali o espera.

Escutando as palavras cadeia e preso, o Corregedor mandou que entrassem o preso e o guarda que o levava. Disseram para o guarda que o Corregedor, que estava ali, mandava que entrasse com o preso. Isso fez.

O Asturiano tinha todos os dentes banhados em sangue, estava machucado e vinha segurado pelo soldado. Assim que entrou na sala, reconheceu seu pai e o de Avendanho. Ficou perturbado e, para não ser reconhecido cobriu o rosto com um lenço que limpava o sangue. O Corregedor perguntou o que tinha feito aquele moço para estar tão machucado. O soldado respondeu que era um aguador, que lhe chamavam Asturiano e era a quem os meninos gritavam pelas ruas "Dá o rabo, Asturiano: dá o rabo!". Logo, brevemente, contou porque pediam o rabo e todos riram muito. Disse mais: que, saindo pela ponte de Alcântara, com os meninos pedindo-lhe o rabo, desceu do asno e, indo atrás de todos, alcançou a um a quem deixou quase morto por causa das pauladas que lhe deu. Como tinha resistido ao ser preso, tiveram que usar da violência e por isso estava tão machucado.

O Corregedor mandou que descobrisse o rosto e, como não o fez, o soldado lhe tirou o lenço. No mesmo instante seu pai o reconheceu e disse, alterado:

– Filho Dom Diego, como está desse jeito? Que roupa é essa? Você ainda não abandonou suas picardias?

Carriaço ficou de joelhos aos pés de seu pai que, com lágrimas nos olhos, abraçou-o por um bom tempo. Dom João de Avendanho, sabendo que Dom Diego tinha viajado com Dom Tomás, perguntou-lhe por seu filho. Respondeu que Dom Tomás de Avendanho era o moço que entregava a cevada e a palha naquela pousada. Estas palavras do Asturiano aumentaram a admiração dos presentes, e o Corregedor mandou que o dono da pousada chamasse o moço da cevada.

– Acho que não está em casa – respondeu o dono da pousada – , mas o procurarei.

E saiu para procurá-lo.

Dom Diego perguntou a Carriaço que mudanças eram aquelas e o que os tinha motivado ser aguador e criado de pousada.

Respondeu-lhe que não podia responder àquelas perguntas em público, que responderia quando estivessem a sós.

Tomás Pedro estava escondido em seu quarto para ver desde ali, sem ser visto, o que faziam seu pai e o de Carriaço. Estava surpreso com a vinda do Corregedor e com o alvoroço da casa. Todos disseram ao dono da pousada que estava escondido no quarto. Ele subiu até lá e, mais pela força que pela vontade, o fez descer. Mesmo assim, não teria descido se não fosse porque o Corregedor saiu ao pátio e o chamou, dizendo:

– Desça Vossa Mercê, senhor parente, que aqui não lhe esperam nem ursos nem leões.

Tomás desceu e, com os olhos baixos e com uma postura submissa, se ajoelhou aos pés de seu pai, que o abraçou com muita alegria, a mesma que teve o pai do Filho Pródigo quando o reencontrou.

Nisto já havia chegado o carro do Corregedor, pois a grande festa não permitiria que voltasse a cavalo. Fez com que chamassem Constância e, tomando-a pela mão, apresentou-a a seu pai, dizendo:

– Receba, senhor Dom Diego, esta joia estimada como a mais rica que acertou desejar. E você, bonita donzela, beije a mão de seu pai e agradeça a Deus que com tão nobre acontecimento ajeitou, elevou e melhorou a baixeza de seu estado.

Constância, que não sabia nem imaginava o que tinha acontecido, confusa e tremendo, não soube fazer outra coisa senão ajoelhar-se diante de seu pai. Pegou suas mãos e as beijou ternamente, molhando-as com infinitas lágrimas que seus lindos olhos derramavam.

Enquanto acontecia isto, o Corregedor tinha persuadido seu primo Dom João a que todos fossem para sua casa. Ainda que a princípio Dom João recusasse, foram tantas as persuasões do Corregedor que teve que aceitar e, assim, todos entraram no carro. Mas, quando o Corregedor disse para Constância que entrasse, o coração dela nublou-se, abraçou-se com a dona da pousada e começaram a chorar um pranto amargo, que cortava o coração de quem o escutava. A dona da pousada dizia:

– Como é isto, filha de meu coração, você vai e me deixa? Como tem coragem de deixar a esta mãe que com tanto amor a criou?

Constância chorava e lhe respondia com ternas palavras. O Corregedor, enternecido, mandou que a dona da pousada também entrasse no carro e que não se afastasse de sua filha, pois isto o era até que saísse de Toledo. Assim, a dona da pousada e todos entraram no carro, seguiram para a casa do Corregedor onde foram bem recebidos por sua mulher, que era uma nobre senhora. Comeram com fartura e, depois disso, Carriaço contou a seu pai que, por amor a Constância, Dom Tomás tinha ido trabalhar na pousada e que estava tão apaixonado por ela que, mesmo que não se tivesse revelado tão nobre, como o era sendo sua filha, a tomaria por esposa na condição de criada. A mulher do Corregedor vestiu Constância com as roupas de sua filha, que tinha a mesma idade e corpo que ela. Se parecia bonita com os trajes de lavradora, com os de cortesã parecia uma coisa do céu: caíam-lhe tão bem que parecia que desde que nasceu tinha sido nobre e usado os melhores trajes.

Entre tantos alegres, havia um triste, que era Dom Pedro, o filho do Corregedor, que logo percebeu que Constância não seria sua. E foi o que aconteceu porque entre o Corregedor, Dom Diego de Carriaço e Dom João de Avendanho, decidiu-se que Dom Tomás se casaria com Constância, seu pai lhe daria os trinta mil escudos que sua mãe tinha deixado; Dom Pedro, o filho do Corregedor, se casaria com uma filha de Dom João de Avendanho, porque seu pai se oferecia a fazer a dispensa do parentesco.

Assim, todos ficaram contentes, alegres e satisfeitos. A novidade dos casamentos e da ventura da *criada ilustre* se estendeu pela cidade e muitas pessoas iam ver Constância em sua nova condição, tão nobre, como já se disse. Viram o moço da cevada, Tomás Pedro, transformado em Dom Tomás de Avendanho e vestido como nobre; notaram que Lope Asturiano era um nobre cavaleiro depois que tinha mudado a roupa e deixado o asno e o carregamento de água, mas, apesar disso, não faltava quem, em meio a toda esta pompa, lhe pedisse o rabo pela rua.

Estiveram um mês em Toledo e depois voltaram para Burgos Dom Diego de Carriaço e sua mulher, seu pai, Constância com seu marido Dom Tomás e o filho do Corregedor, que quis ir conhecer sua parenta e esposa. O Sevilhano ficou rico com os mil ducados e as muitas joias que Constância deu para sua senhora, porque sempre chamou assim a que a tinha criado.

A história da *criada ilustre* deu ocasião para que os poetas do dourado Tejo exercitassem suas plumas, solenizando e exaltando a incomparável beleza de Constância que, ainda vive ao lado de seu bom moço da pousada. Carriaço, com três filhos que, sem ser como o pai e nem lembrar-se que há pesca de atum no mundo, estão estudando em Salamanca; e ele, quando vê algum asno de aguador lembra o que teve em Toledo e teme que, quando menos espere, tenha que reviver a sátira do "Dá o rabo, Asturiano! Asturiano, dá o rabo!"

Versos de A Ilustre Criada

Página 132

- Raro, humilde sujeto, que levantas
a tan excelsa cumbre la belleza,
que en ella se excedió naturaleza
a sí misma, y al cielo la adelantas;

si hablas, o si ríes, o si cantas,
si muestras mansedumbre o aspereza
(efeto sólo de tu gentileza),
las potencias del alma nos encantas.

Para que pueda ser más conocida
la sin par hermosura que contienes
y la alta honestidad de que blasonas,

deja el servir, pues debes ser servida
de cuantos veen sus manos y sus sienes
resplandecer por cetros y coronas.

*

* *

Página 137

Salga la hermosa Argüello,
moza una vez, y no más;
y, haciendo una reverencia,
dé dos pasos hacia trás.
De la mano la arrebate
el que llaman Barrabás:
andaluz mozo de mulas,
canónigo del Compás.
De las dos mozas gallegas
Que en esta posada están,
salga la más carigorda
en cuerpo y sin devantal.
Engarráfela Torote,
y todos cuatro a la par,
con mudanzas y meneos,
den principio a un contrapás.

*

* *

Página 138

Entren, pues, todas las ninfas
y los ninfos que han de entrar,
que el baile de la chacona
es más ancho que la mar.
Requieran las castañetas
y bájense a refregar

las manos por esa arena
o tierra del muladar.
Todos lo han hecho muy bien,
no tengo qué les rectar;
santígüense, y den al diablo
dos higas de su higueral.
Escupan al hideputa
por que nos deje holgar,
puesto que de la chacona
nunca se suele apartar.
Cambio el son, divina Argüello,
más bella que un hospital;
pues eres mi nueva musa,
tu favor me quieras dar.
El baile de la chacona
encierra la vida bona.
Hállase allí el ejercicio
que la salud acomoda,
sacudiendo de los miembros
a la pereza poltrona.
Bulle la risa en el pecho
de quien baila y de quien toca,
del que mira y del que escucha
baile y música sonora.
Vierten azogue los pies,
derrítese la persona
y con gusto de sus dueños
las mulillas se descorchan.
El brío y la ligereza
en los viejos se remoza,
y en los mancebos se ensalza
y sobremodo se entona.
Que el baile de la chacona
encierra la vida bona.

¡Qué de veces ha intentado
aquesta noble señora,
con la alegre zarabanda,
el pésame y perra mora,
entrarse por los resquicios
de las casas religiosas
a inquietar la honestidad
que en las santas celdas mora!

¡Cuántas fue vituperada
de los mismos que la adoran!
Porque imagina el lascivo
y al que es necio se le antoja,
que el baile de chacona
encierra la vida bona.

Esta indiana amulatada,
de quien la fama pregona
que ha hecho más sacrilegios
e insultos que hizo Aroba;
ésta, a quien es tributaria
la turba de las fregonas,
la caterva de los pajes
y de lacayos las tropas,
dice, jura y no revienta,
que, a pesar de la persona
del soberbio zambapalo,

ella es la flor de la olla,
y que sola la chacona
encierra la vida bona.

*
* *

PÁGINA 141

¿Dónde estás, que no pareces,
esfera de la hermosura,
belleza a la vida humana
de divina compostura?
Cielo impíreo, donde amor
tiene su estancia segura;
primer moble, que arrebata
tras sí todas las venturas;
lugar cristalino, donde
transparentes aguas puras
enfrían de amor las llamas,
las acrecientan y apuran;
nuevo hermoso firmamento,
donde dos estrellas juntas,
sin tomar la luz prestada,
al cielo y al suelo alumbran;
alegría que se opone
a las tristezas confusas
del padre que da a sus hijos
en su vientre sepultura;
humildad que se resiste
de la alteza con que encumbran
el gran Jove, a quien influye
su benignidad, que es mucha.
Red invisible y sutil,
que pone en prisiones duras
al adúltero guerrero
que de las batallas triunfa;
cuarto cielo y sol segundo,
que el primero deja a escuras
cuando acaso deja verse:
que el verle es caso y ventura;
grave embajador, que hablas
con tan estraña cordura,
que persuades callando,
aún más de lo que procuras;
del segundo cielo tienes
no más que la hermosura,
y del primero, no más
que el resplandor de la luna;
esta esfera sois, Costanza,
puesta, por corta fortuna,
en lugar que, por indigno,
vuestras venturas deslumbra.
Fabricad vos vuestra suerte,
consintiendo se reduzga
la entereza a trato al uso,
la esquividad a blandura.
Con esto veréis, señora,
que envidian vuestra fortuna
las soberbias por linaje;
las grandes por hermosura.
Si queréis ahorrar camino,

la más rica y la más pura
voluntad en mí os ofrezco
que vio amor en alma alguna.

*

* *

PÁGINA 147

¿Quién de amor venturas halla?
El que calla.
¿Quién triunfa de su aspereza?
La firmeza.
¿Quién da alcance a su alegría?
La porfía.
Dese modo, bien podría
esperar dichosa palma
si en esta empresa mi alma
calla, está firme y porfía.
¿Con quién se sustenta amor?
Con favor.
¿Y con qué mengua su furia?
Con la injuria.
¿Antes con desdenes crece?
Desfallece.
Claro en esto se parece
que mi amor será inmortal,
pues la causa de mi mal
ni injuria ni favorece.
Quien desespera, ¿qué espera?
Muerte entera.
Pues, ¿qué muerte el mal reme-
dia?
La que es media.
Luego, ¿bien será morir?
Mejor sufrir.
Porque se suele decir,
y esta verdad se reciba,
que tras la tormenta esquiva
suele la calma venir.
¿Descubriré mi pasión?
En ocasión.
¿Y si jamás se me da?
Sí hará.
Llegará la muerte en tanto.
Llegue a tanto
tu limpia fe y esperanza,
que, en sabiéndolo Costanza,
convierta en risa tu llanto.

Tradução
Nylcéa Thereza de Siqueira Pedra

Revisão
Iara de Souza Tizzot
Fernanda Chichorro Baldin

Capa
Rafael Silveira

C419q Cervantes, Miguel de
Três novelas exemplares / Miguel de Cervantes ;tradução Nylcéa Thereza de Siqueira Pedra. – Curitiba : Arte & Letra, 2010.
182p.

Conteúdo: A ilustre criada, A espanhola inglesa e A senhora Cornélia.
ISBN 978-85-60499-21-2

1. Literatura espanhola. 2. Romance espanhol. I. Pedra, Nylcéa Thereza de Siqueira. II. Título.

CDU (2a. ed.) 821.134.2

Arte e Letra Editora
Rua Sete de Setembro, 4214 - sala 1202
Centro - Curitiba - PR - Brasil
CEP: 80250-210
Fone: (41) 3223-5302
www.arteeletra.com.br - contato@arteeletra.com.br